신이 되고 싶었던 버스 운전사

The Bus Driver Who Wanted to be God & Other Stories

List of Stories

	Story	Translator
***	The Story About A Bus Driver Who Wanted to be God	M. Shlesinger
****	Goodman	M. Shlesinger
**	Hole in the Wall	M. Shlesinger
***	A Souvenir of Hell	M. Shlesinger
***	Uterus	M. Shlesinger
**	Breaking the Pig	Dalya Bilu
**	Cocked and locked	M. Shlesinger
**	The Flying Santinis	Dalya Bilu
**	Korbi's Girl	Dalya Bilu
**	Shoes	M. Weinberger-Rotman
**	Missing Kissinger	Dalya Bilu
****	Rabin's Dead	M. Shlesinger
*	Plague of the First Born	M. Shlesinger
*	Siren	Anthony Berris
**	Good Intentions	M. Shlesinger
*	Katzenstein	M. Shlesinger
*	The Mysterious Disappearance of Alon Shemesh	M. Shlesinger
****	One Last Story and That's It	M. Shlesinger
****	Jetlag	Dan Ophry
*	The Son of The Head of the Mossad	M. Shlesinger
*	Pipes	M. Shlesinger
***	Kneller's Happy Campers	M. Shlesinger

The Bus Driver
Who Wanted to be God & Other Stories

신이 되고 싶었던 버스 운전사

에트가 케렛 Etgar Keret 지음 | 이만식 옮김

BooBooks

차 례

The Bus Driver Who Wanted to be God & Other Stories

The Bus Driver Who Wanted to be God & Other Stories

신이 되고 싶었던
버스 운전사

그 누구라도 늦게 오는 사람에게는 결코 문을 열어주려고 하지 않았던 버스 운전사에 관한 이야기입니다. 버스 옆을 따라 달리며 갈망의 눈빛을 던지는 주눅 든 고등학생들에게도, 자기는 정말 제시간에 왔고 잘못한 쪽은 운전사인 것처럼 문을 쾅쾅 두드리는 바람막이 점퍼를 입은 신경질적인 사람들에게는 물론 아니었지요. 식료품을 가득 담은 갈색 종이 봉지를 들고 떨리는 손을 흔들며 차를 세워보려고 분투하는 왜소한 할머니들에게도 아니었지요. 그런데 문을 열지 않는 것은 심술궂기 때문이 아니었습니다. 그 운전사가 체질적으로 못된 성질을 갖고 있는 것은 아니란 말입니다. 그건 신념의 문제였지요. 그 운전사의 신념은 말하자면 늦게 온 누군가를 위해 문을 열어줘 지연된 시간이 30초 이내라 하더라도, 문을 열어주지 않아서 그 사람의 인생에서 15분을 상실하는 결과를 초래한다 하더라도, 문을 열어주지 않는 편이 여전히 사회적으로 더 공평하다는 것입니다. 만일 문을 열어준다면 버스의 승객 개개인 모두가 그 30초를 상실하게 되기 때문입니다. 말하자면 아무런 잘못도 하지 않고 제시간에 정류장에 도착했던 60명의 사람이 그 버스에 타고 있다면, 모두 합쳐서 30분을 잃게 되고, 이는 15분의 두 배라는 것이지요. 이것이 결코 문을 열려고 하지 않았던 유일한 이유였습니다. 버스를 뒤쫓아 달리며 세우라고 신호를 보내는 사람들은 물론 버스에 탄 승객들조차 자신의 그런 이유를 전혀 알지 못한다는 사실을 그는 알고 있었지요. 또 대부분의 사람이 자신을 그저 나쁜 자식이라고 생각한다는 것도, 개인적으로는 그들을 태워서 미소와 감사를 받는 편이 훨씬 쉽다는 것도 알고 있었지요. 하지만 한편으로는 미소와 감사, 다른 한편으로는 사회의 정의 사이에서 선택해야 하는 순간이 되면, 운전사는 무엇을 해야 할 지 알고 있었답니다.

운전사의 신념 때문에 가장 많이 피해를 본 사람은 아마 에디일 겁니다. 다른 사람들과는 달리, 에디는 버스를 향해 뛰려고조차 하지 않았습니다. 그만큼 게으르고 나약했지요. 에디는 스테이크어웨이Steakaway라는 식당의 보조 요리사였습니다. 멍청한 식당 주인이 최고의 말솜씨를 발휘해서 생각해 낸다는 것이 고작 스테이크어웨이라는 이름이었지요. 음식은 길게 언급할 만한 수준이 못 되지만, 에디는 정말 친절한 녀석이었어요. 사람이 너무 친절해 가끔 자신이 만든 음식이 마음에 들지 않을 때면 테이블에 가 직접 시중을 들며 사과하였지요. 에디가 행복을 만난 것도, 적어도 행복에 가까워질 수 있는 것도 이런 사과를 하는 중이었지요. 그 행복은 바로 한 소녀와의 만남이었습니다. 그녀는 마음씨가 너무 고와 그저 에디의 마음을 상하지 않게 하려고 가져다준 스테이크를 전부 다 먹으려고 하였답니다. 에디에게 이름을 말해주거나 전화번호를 전해 주려고 하지는 않았지만, 마음씨가 고운 그녀는 다음날 다섯 시 그들이 함께 결정한 장소에서 그와 만나기로 약속했답니다. 정확히 돌피네리움이라는 곳이었지요.

에디에게는 인생에서 모든 것을 놓쳐버리는 원인이 되고도 남을 문제가 하나 있었답니다. 아데노이드 종양이 부풀어 오르는 것 같은 문제는 아니지만, 많은 피해를 가져다주었답니다. 이 질병으로 인해 언제나 10분씩 늦잠을 자게 되었는데, 어떤 자명종도 소용이 없었지요. 이게 에디가 변함없이 스테이크어웨이의 출근 시간에 늦었던 이유였지만, 개인 차원의 긍정적 심리 강화보다는 언제나 사회의 정의를 선택하는 우리의 버스 운전사 아저씨도 그 이유였답니다. 이번만은 예외였지요. 행복이 걸려 있었기 때문에 이번만은 자신의 문제를 극복하려고 결심하였답니다. 그래서 오후에 낮잠을 자는 대신 텔레비전을 봤지요. 안심하기 위해서라도 하나가 아니라 자명종을 세 개씩이나 준비해 놓고 모닝콜까지 신청했지요. 그러나 이번에도 예외 없이 그는 어린이 방송을 보다가 아기처럼 잠이 들었지요. 1조 백만 개의 자명종이 비명을 지르는 통에 땀을 흘리며 깨어났지만, 이미 10분이나 늦었지요. 옷을 갈아입을 틈도 없이 집에서 뛰쳐나와 버스 정류장으로 달렸지요. 달리는 것이 어떤 것인지 기억조차 가물가물해서 보도를 벗어날 때마다 다리가 삐끗거렸죠. 마지막으로 달렸던 때가 체육 수업을 빼먹을 수 있다는 사실을 발견하기 전이었으니, 아마 6학년이었을 거예요. 체육 시간과 달리 이번에는 미친 듯이 달렸지요. 왜냐하면 이제 에디에게는 무언가 잃게 되는 것이 있었기 때문이지요. 가슴의 온갖 통증과 출렁거리는 럭키 스트라이크 담배 갑이 행복을 찾아가는 길을 막을 수는 없었지요. 어떤 것도 에디의 길을 막을 수는 없었지요. 우리의 버스 운전사 아저씨를 빼고는 말이지요. 그런데 방금 버스가 문을 닫고 출발하기 시작하였지요. 운전사가 백미러로 에디를 보았지만, 이미 설명했다시피, 그에게는 변함없는 신넘이 있었지요. 무엇보다도 정의에 대한 사랑과 간단한 산술에 근거한 논리를 제대로 갖춘 신념이었지요. 하지만 에디는 운전사의 산술에 관심이 없었어요. 에디는 태어나서 처음으로 정말로 어딘가에 제시간에 가고 싶었지요. 그래서 곧장 버스를 계속 쫓아갔지요. 비록 기회가 없었어도요.

그 순간 갑자기 에디의 운명이 바뀌었는데, 단지 반 정도가 바뀌었어요. 버스 정류장을 지나 100미터 남짓 되는 지점에 신호등이 있었는데, 버스가 거기에 도착하기 겨우 1초전 신호등이 빨간색으로 바뀌었지요. 에디가 가까스로 버스를 따라잡을 수 있었고 버스 문까지 몸을 질질 끌고 갔지요. 너무 힘들어 유리창을 두드리지도 못하고, 그저 눈물 젖은 눈으로 운전사를 바라보며 헐떡이고 씨근거리면서 무릎을 꿇었던 것이지요. 그런데 이 광경이 운전사에게 과거의 무언가, 운전사가 되기를 원하기도 전의, 아직도 신이 되고 싶었던 시절의 무언가를 떠올리게 하였지요. 그건 슬픈 기억이지요. 왜냐하면 운전사는 결국 신이 되지 못했으니까요. 그건 행복한 기억이기도 하지요. 왜냐하면 버스 운전사가 되었으니까요. 버스 운전사는 두 번째 선택이었지요. 운전사는 언젠가 마침내 신이 된다면 자비스럽고 친절하여 모든 피조물의 말에 귀를 기울이겠다던 자신과의 약속이 불현 듯 떠올랐지요. 그리하여

저 높은 운전석에서 아스팔트 바닥에 무릎을 꿇고 있는 에디를 보았을 때, 그냥 지나쳐버릴 수는 없었지요. 그래서 자신의 모든 신념과 간단한 산술의 논리에도 불구하고 문을 열었지요. 그러나 에디는 버스에 오르고도 너무 숨이 차서 고맙습니다라는 말조차 하지 못했지요.

여기서 그만 읽는 게 가장 좋겠어요. 왜냐하면 에디가 제시간에 정말 돌피네리움에 갔을지라도 행복은 오지 않았기 때문이지요. 그녀에게는 이미 남자친구가 있었지요. 그저 마음씨가 너무 고와서 에디에게 차마 말할 수 없었기에 바람을 맞는 게 낫다고 여겼던 것이지요. 에디는 약속했던 벤치에 앉아 거의 두 시간 동안 그녀를 기다렸습니다. 거기 앉아 있는 동안 인생에 관한 온갖 우울한 생각을 계속하면서 일몰을 지켜보았는데, 그건 제법 멋진 일이었고, 나중에 발에 쥐가 나겠구나 생각했지요. 돌아오는 길에, 정말 자포자기해서 집으로 가면서 저 멀리 버스를 보았지요. 버스는 정류장에 차를 대고 승객을 내려놓고 있었는데, 그는 뛰어갈 힘이 있다 하더라도 결코 버스를 따라잡지 못할 것을 알고 있었지요. 그래서 그저 계속해서 천천히 걸어갔는데, 한 걸음 걸을 때마다 백만 개의 근육에 피곤이 몰려왔지요. 마침내 정류장에 도착하였을 때, 버스가 그를 기다리며 아직 거기에 있는 것을 보았지요. 승객들이 가자고 소리치며 투덜거리고 있었지만, 운전사는 에디를 기다리고 있었지요. 게다가 에디가 자리를 잡을 때까지 가속 페달을 밟지도 않았답니다. 움직이기 시작하였을 때, 운전사가 백미러를 보며 에디에게 슬픈 윙크를 보냈지요. 어쩐지 어떤 어려움이라도 견딜 만하게 만들어줄 듯한 그런 윙크 말이지요.

굿맨

약 육 개월 전, 텍사주 주 오스틴 시 외곽에 있는 후미진 마을에서 텔아비브 출신의 미키 굿맨이 칠십 살 먹은 목사와 목사 부인을 살해했다. 굿맨은 잠자는 그들의 정면에다 대고 총을 쏘았다. 어떻게 아파트에 들어갔는지 오늘날까지 아무도 모르지만, 틀림없이 열쇠를 가지고 있었을 것이다. 이야기 전부가 아주 기괴하게 들린다. 내 말은 이스라엘 낙하산병이었으며 전과도 없는 사내가 어떻게 텍사스의 후미진 마을에서 어느 날 아침 일어나 만나본 적도 없는 두 사람의 머리에다 총알을 박아 넣었느냐는 것이다. 게다가 굿맨선량한 사람이라는 이름값도 못하면서 말이다. 뉴스가 방송되던 그날 밤 나는 알지도 못했다. 엘머와 같이 영화관에 있었기 때문이다. 나중에, 침대에서, 진짜 시작하려는데 갑자기 그녀가 비명을 지르

14

기 시작했다. 나는 즉시 중단했다. 왜냐면 그녀를 아프게 한다고 생각했기 때문이다. 그런데 계속하라고 말하면서 자기가 비명을 지르는 것은 실제로 좋은 징조라고 말했다.

살인의 대가로 굿맨이 삼천 불을 받았으며 이 모든 게 유산을 둘러싼 집안싸움과 관계가 있다고 검사가 말했다. 오십 년 전이라면 목사와 목사 부인이 흑인이라는 사실은 굿맨에게 도움이 될 뿐이었겠지만, 오늘날은 사정이 정반대다. 노인네가 목사라는 사실도 불리하게 작용했다. 굿맨이 유죄로 판명된다면 고향인 이스라엘에서 형기를 복역하기 바란다고 변호사가 말했다. 흑인들 천지인 미국의 감옥에서 굿맨의 목숨은 쓰다버린 차 봉지만큼도 가치가 없을 것이기 때문이었다. 그 반면 굿맨이 어차피 훨씬 더 빨리 죽을 것이라고 검사가 주장했다. 텍사스는 아직도 사형제도를 유지하고 있는 소수의 주 가운데 하나다.

굿맨을 만나지 못한지 십년이 되었다. 그치만 옛날 고등학교 때 굿맨이 제일 친한 친구였다. 굿맨 그리고 옛날 중학교 때 굿맨의 여자 친구였던 다프네와 맨날 같이 지냈다. 군에 입대하면서 연락이 끊겼다. 나는 사람들하고 계속 연락하고 지내는 걸 잘 못한다. 그치만 엘머는 대단하다. 가장 친한 친구들이 유치원 때부터 알고 지내는 사람이다. 그런 점에서 엘머가 좀 부럽다.

재판이 삼 개월간 계속되었다. 굿맨이 했다고 모두 확신하는 걸 생각하면 엄청 걸린 셈이다. 이야기 전부가 그저 어딘지 잘 믿어지지 않는다고 아빠에게 말했다. 말하자면 우린 미키를 알고 지냈었다. 그는 우리 집에 많이 와 있었다. 그런데 아빠가 말했다. "사람들 머릿속에서 무슨 일이 벌어지고 있는지 넌 결코 알지 못할 거다." 그 녀석이 결국 망해버릴 걸 처음부터 알고 있었다고 엄마가 말했다. 병든 개의 눈초리를 하고 있었다는 것이었다. 이놈의 살인자가 자기 접시로 밥을 먹고, 식탁에 같이 앉았다고 생각하면 치가 떨린다고 말했다. 나는 우리가 마지막 만났던 때를 생각했다. 다프네의 장례식이었다. 그녀는 아파서 죽었다. 우린 방금 제대했었다. 장례식에 갔었는데, 나를 쫓아내버렸다. 아주 노골적이며 배타적으로 꺼져라고 말했는데, 이유를 물어보지도 않았다. 그게 약 육년 전이었는데, 아직도 증오에 찬 눈초리를 기억한다. 그때 이후 말해본 적이 없다.

매일 일하고 집에 오면 CNN에서 재판에 관한 뉴스를 찾아보았다. 며칠에 한 번씩 최신 뉴스를 방영했다. 가끔 굿맨의 사진을 보여주었는데 그가 무척 그리웠다. 언제나 똑같은 거였는데 오래된 여권 사진이었다. 현충일 날 기념식에 간 꼬마

처럼 머리에 가르마를 타고 있었다. 내가 그를 안다는 사실에 엘머는 아주 흥분했다. 언제나 그 생각뿐이었다. 몇 주 전 이때껏 살아오면서 내가 한 가장 나쁜 일이 뭐였냐고 물어보았다. 사라 그로스의 엄마가 익사한 뒤 미키와 내가 그녀의 집 담 벽에다 "니네 엄마가 가라앉고 있다"라고 어떻게 낙서했는지 말해주었다. 엘머가 생각하기에도 아주 끔찍한 짓이며, 정확히 말해서 그 이야기에서도 굿맨이 괜찮은 녀석으로 여겨지지는 않는다고 말했다. 지금까지 엘머가 겪었던 가장 나쁜 일은 군대에 있었을 때라고 말했다. 뚱뚱하고 역겨운데다가 계속 치근대던 상관이 있었는데, 특히 그가 결혼했고 그때 자기 아내가 임신하고 있었기 때문에 그를 증오했다. "그럼 그려져?" 엘머가 담배를 한 모금 빨았다. "자기 아내는 뱃속에 애기를 갖고 다니는데, 그놈이 원하는 건 말이야 언제나 딴 여자와 자는 거 였다구." 얼마나 자기한테 목을 메는지, 결국 최대한도로 이용해 먹기 위해 그렇게 하겠다고 동의했지만 목돈을 지불해야 한다고 말했다. 천 세켈, 그 당시엔 큰돈처럼 보였다. "돈엔 관심 없었어." 회상하면서 그녀는 몸을 움츠렸다. "그저 모욕을 주고 싶었어. 돈 안 주면 어떤 여자도 같이 안 잔다는 걸 느끼게 해주려고 말이야. 내가 증오하는 게 있다면, 그건 바로 바람피우는 남자들이야." 상관이 봉투에 천 세켈을 갖고 왔지만, 너무 흥분해서 물건이 서질 않았다. 그치만 엘머는 돈을 돌려주지 않았고, 그래서 두 배로 모욕을 준 셈이었다. 그 돈이 너무 역겨워 저축예금에 묻어버리고 오늘날까지 그 근처에는 얼신도 안한다고 말했다.

재판 결과가 적어도 내게는 놀라운 것이었고, 굿맨은 사형판결을 받았다. 판결을 들을 때 죄수가 조용히 울었다고 CNN의 일본인 아나운서가 말했다. 엄마는 자업자득이라고 말했고, 아빠는 언제나처럼 똑같은 말을 했다. "사람들 머릿속에서 무슨 일이 벌어지고 있는지 넌 결코 알지 못 할거다." 그 문장을 두 번째로 들은 거였다. 거기로 날아가 그들이 죽이기 전에 그를 방문해야 한다는 걸 알고 있었다. 어쨌든 간에 우리는 한때 제일 친한 친구였다. 좀 이상한 것 같지만 엄마만 빼고는 다들 이해했다. 미국에서 돌아올 때 노트북 컴퓨터를 밀반입해오라고 아리 형이 부탁했다. 일이 아주 꼬이면 그냥 세관에 두고 오면 된다는 것이었다.

텍사스 공항에서 곧장 미키의 감옥으로 갔다. 떠나기 전에 계획했던 거였다. 삼십 분의 시간을 주었다. 그를 만나러 들어갔을 때 의자에 앉아 있었다. 손발이 묶여 있었다. 계속 난폭하게 굴어서 묶어야만 했다고 간수가 말했지만, 내게는 그가 아주 차분해 보였다. 그저 그렇게 말할 뿐이지, 간수들이 그를 괴롭히는 재미를 보고 있다고 생각했다. 마주 보고 앉았다. 모든 게 너무 평범해 보였다. 그가 처음 한 말은 "미안해"였다. 다프네 장례식 날 있었던 일에 대해 유감스럽게 생각한다고 말했다. "너한테 그저 정말 너무 못되게 굴었지. 그러지 말았어야 했는데." 그건 옛날 고리짝 이야기라고 내가 말했다. "오랫동안 내 신경을 긁었었거든. 근데 갑자기 그녀가 죽고 그러니까 터져 나온 거지 뭐. 니가 나 몰래 같이 잤기 때문이 아니야, 내 맹세하지. 그녀의 마음을 아프게 했기 때문이지 뭐." 그에게 다 집어 치우라고 말했지만, 목소리가 떨리는 건 어쩔 수 없었다. 그가 말했다. "잊어 버려. 그녀가 나에게 말했지. 게다가 오래 전에 난 널 용서했어. 장례식 때 있었던 일 말야, 진심인데, 내가 얼간이 같이 굴었지." 살인에 관해 물어보았지만, 이야기하고 싶어 하지 않았다. 그래서 우린 딴 이야기를 했다. 이십 분이 지나자 삼십 분이 다 됐다고 간수가 말했다.

보통 전기 감전사로 사형을 집행했는데, 그러면 스위치를 올릴 때 전 지역의 전등이 몇 초 동안 깜빡거리곤 했고 그래서 뉴스 특보가 방송될 때처럼 모든 사람들이 하던 일을 중단했다. 호텔방에 앉아 있으면 전등이 희미해질 거라고 생각했는데, 그런 일은 일어나지 않았다. 요즈음은 독극물 주사를 사용하는데, 그래서 언제 집행되는지 누구도 알 수 없다. 정각에 집행된다는 말이 있었다. 손목시계의 분침을 바라보면서, 분침이 열두 시에 갔을 때 혼자 중얼거렸다. "아마 지금쯤 틀림없이 죽었을 거야." 사실 사라네 집 벽에다 낙서한 사람은 나였다. 미키는 그저 지켜보았을 뿐이었다. 사실 미키가 반대했던 것 같다는 생각이 든다. 아마 이제 그는 더 이상 살아 있지 않을 것이다.

돌아오는 비행기 안에서 내 옆자리를 뚱뚱한 녀석이 차지했다. 의자가 약간 부러져 있었는데 비행기가 만원이라 승무원이 다른 자리로 옮겨줄 수 없었다. 그의 이름은 펠렉이었고, 육군 중령의 계급으로 방금 제대했다고 말했다. 첨단산업의 중역진을 훈련시키는 특별교육과정을 마치고 돌아오는 길이었다.

눈을 감은 채 부서진 의자에서 편안한 자세를 잡아보려고 뒤로 기대는 그를 보는데, 갑자기 아마도 이 녀석이 엘머의 군대 상관이었을지 모르겠다는 생각이 떠올랐다. 그녀의 상관도 뚱뚱했었다. 고약한 냄새가 나는 호텔 방에 앉아 그녀를 기다리며 땀나는 손으로 천 세켈을 세고 있는 그의 모습을 그려볼 수 있었다. 앞으로 벌어질 성교를 생각하면서, 자기 아내를 생각하면서, 애기를 생각하면서. 자신에게 변명을 늘어

놓으면서, 어째서 그게 진짜 정말로 괜찮은 변명인지.

내 바로 옆 좌석에서 꿈틀거리는 그를 보았다. 내내 눈을 감고 있었지만, 잠이 든 건 아니었다. 그때 아무런 이유도 없이 그가 신음을 했다. 아마 그걸 기억하고 있는 지도 모른다. 아이고 나도 모르겠다. 갑자기 그 녀석이 불쌍해졌다.

벽 속의 구멍

베르나도트 거리, 센트럴 버스 정류장 바로 옆, 벽에 구멍이 하나 있다. 현금자동인출기가 있던 곳인데, 고장이 났는지, 아무도 사용하지 않아서인지 은행 직원들이 픽업트럭에 싣고 가버린 뒤 도로 갖다놓지 않았다.

그 구멍에 대고 소원을 외치면 소원이 이루어진다는 말을 들은 적이 있지만, 우디는 믿을 수 없었다. 사실 언젠가 영화를 보고 집에 돌아가던 길에 벽 속의 구멍에 대고 루스 리멀트와 사랑에 빠지기를 바란다고 외친 적이 있지만, 아무 일도 일어나지 않았다. 그리고 언젠가 정말로 외로웠던 날에는 천사를 친구로 가졌으면 좋겠다고 벽 속의 구멍에 외쳤는데, 바로 그 직후 천사가 정말 나타나기는 했지만 친구라고 말할 수 없을 정도였다. 정말 천사가 필요할 때면 언제나 사라져버렸으니까 말이다. 그 천사는 깡마르고 등이 아주 구부정하면서도 날개를 감추기 위해 언제나 트렌치코트를 입고 다녔다. 사람들은 그가 꼽추일 거라고 확신했다. 때때로 단 둘이 있을 때 코트를 벗었는데, 한번은 우디에게 날개의 깃털을 만져 봐도 된다고까지 했다. 그러나 다른 사람이 있으면 언제나 코트를 입고 있었다. 클라인 씨네 아이들이 코트 밑에 뭐가 있는지 물어본 적이 있다. 그러자 자기 것은 아니지만 책이 가득 든 배낭이 있고 젖지 않게 하려고 코트를 입는다고 말했다. 사실 그는 항상 거짓말을 했다. 들으면 기절할 만한 이야기도 해주었다. 천국의 여러 장소에 관해서, 밤에 자동차에 열쇠를 꽂아두고 잠자러 가는 사람들에 관해서, 그 무엇도 두려워하지 않으며 "쉿, 저리가!"라는 소리도 못 알아듣는 고양이에 관해서. 지어내는 이야기들은 뭔가 이상한 구석이 많았는데 그는 그런 얘기를 하면서 성호를 긋고는 거짓말이면 날 죽이라고까지 말했다.

우디는 천사에게 홀딱 반해서 그의 말을 믿으려고 언제나 무척 애를 썼다. 아주 힘들어할 때는 한두 번 돈을 빌려줄 정도였다. 그러나 천사는 우디를 전혀 도와주려고 하지 않았다. 그저 두서없이 돌대가리 같은 이야기들을 지껄이고, 지껄이고, 계속 지껄일 뿐이었다. 알고 지내던 6년 동안, 설거지 한 번 하는 꼴도 본 적이 없었다.

군대에서 신병 훈련을 받을 때는 정말 대화할 사람이 필요했는데, 천사가 꼬박 두 달 동안이나 갑자기 사라져버렸다. 그런 다음 수염도 깎지 않은 채로 무슨 일이 있었는지 묻지도 말라는 표정으로 돌아왔다. 그래서 우디는 물어보지 않았다. 그러던 어느 토요일, 우디는 속옷만 입고 지붕 위에 아무렇게나 앉아 햇볕을 쬐고 있었는데 기분이 우울했다. 다른 지붕 꼭대기에 있는 케이블 텔레비전 접속선과 태양 전지판과 하늘을 바라보았다. 우디는 갑자기 이제껏 함께 지내면서 천사가 나는 모습을 한 번도 본 적이 없다는 생각이 떠올랐다.

"주변을 조금만 날아보면 어떻겠어?" 우디가 천사에게 말했다. "그러면 기분이 좋아질 텐데."

천사가 대답했다. "생각하지도 마. 누가 보면 어쩌려고?"

"한 번 해봐." 우디가 졸랐다. "조금만. 부탁이야." 천사가 입속에서 역겨운 소리를 내더니 침과 하얀 가래를 타르가 덮혀 있는 지붕 위에 뱉었다.

"신경 쓰지 마." 우디가 토라졌다. "맹세컨대 어쨌든 넌 날 줄 모르는 거야."

"물론 날 줄은 알지." 천사가 쏘아붙였다. "그저 누가 보기를 원하지 않을 뿐이야. 그뿐이야."

길 건너 지붕 위에서 아이들이 물 폭탄 던지는 모습을 쳐다보았다. 우디가 미소 지었다. "글쎄 말야, 예전에 어렸을 때, 너 만나기 전에, 여기 자주 올라와서 저 밑에 길거리에 있는 사람들에게 물 폭탄을 던지곤 했어. 저 차양과 다른 차양 사이에 있는 사람들을 겨냥했지."라고 설명하면서 난간을 넘어 몸을 구부리고 채소 가게 위의 차양과 신발 가게 위의 차양 사이에 있는 좁은 공간을 가리켰다. "사람들이 올려다보지만, 보이는 건 차양뿐이거든. 물 폭탄이 어디서 날아왔는지 알 수가 없지."

천사도 일어나 거리를 내려다보았다. 입을 벌리면서 무슨 말을 하려고 하였다. 그때 갑자기 우디가 뒤에서 슬쩍 밀었고, 천사가 균형을 잃었다. 그저 장난을 좀 치려는 것이었다. 정말로 천사를 해치려는 의도는 없었고, 재미 삼아 그저 조금만 날게 하려는 것뿐이었다. 그런데 천사가 감자 자루처럼 5층에서 그대로 떨어졌다. 우디는 경악하여, 저 아래 보도 위에 누워 있는 천사를 보았다. 여전히 날개만 조금씩 펄럭거릴 뿐 죽은 사람처럼 꼼짝도 하지 않았다. 그제서야 우디는 천사가 말했던 모든 게 다 진실이 아니었다는 것을 깨달았다. 그는 천사가 아니었을 뿐만 아니라, 그저 날개 달린 거짓말쟁이였던 것이다.

지옥의 선물

우즈베키스탄의 이 마을은 지옥의 아가리 바로 앞에 세워져 있었다. 이곳의 흙은 농사짓기에 좋지 못했고 광물도 그리 대단치 않아서, 주민이 수지를 맞추며 살아갈 수 있게 하는 수입이 조금이라도 있다면 그건 대부분 관광산업에서 나왔다. 관광산업이라고 말했지만 하와이 셔츠를 입은 부자 미국인이나 뭐든 움직이면 다 사진 찍는 히죽거리는 일본인을 말하고 있지 않다. 그런 사람이 뭣 때문에 우즈베키스탄의 버려진 땅을 찾아오겠느냐 말이다. 내가 말하고 있는 관광산업은 국내관광이다. 누구나 할 수 있는 그런 국내관광.

지옥에서 온 사람은 서로 아주 달라서, 정확하게 모습을 설명하는 게 좀 어렵다. 뚱뚱하기도 하고 마르기도 하고, 턱수염이 있기도 하고 없기도 하고, 아주 잡다한 군중이다. 공통

점이라는 게 있다면, 그건 행동하는 방식이다. 모두 아주 조용하고 친절하며, 언제나 잔돈까지 정확한 금액을 주었다. 값을 결코 흥정하지 않고, 언제나 자기가 원하는 걸 잘 알고 있어서 "흠……"이나 "에……"라고 말하며 주저하는 법이 없었다. 들어와서는 얼마냐고 묻고 선물 포장을 할 것인지 말 것인지 선택하는데, 그게 다였다. 모두 뜨내기손님이었는데, 그날 하루를 보내고는 지옥으로 되돌아갔다. 그러니 같은 사람을 결코 두 번 보지 못한다. 왜냐면 백 년에 한 번씩만 나오니까. 그저 상황이 그랬다. 그게 규칙이었다. 군대에서 삼 주에 한 번씩 주말 휴가를 받는 것이나 보초 근무할 때 매시간 정시에 오 분간 앉을 수 있도록 허락되는 것과 같다. 지옥에 있는 사람들도 마찬가지다. 백 년마다 하루의 휴식. 언젠가 설명이 있었겠지만, 누구도 더 이상 기억하고 있지 않다. 이제 와서는 현상을 유지하는 게 더 중요했다.

애나는 자신이 기억하기로는 계속 할아버지의 식료품점에서 일했다. 마을 사람을 빼 놓고는 손님이 그렇게 많지 않았지만, 몇 시간마다 한 번씩 누군가 유황 냄새를 풍기며 들어와 담배 한 갑이나 초콜릿 같은 걸 요구했다. 몇몇은 실제로는 결코 본 적이 없고 다른 죄인에게서 들은 적이 있는 걸 요구했다. 그래서 이따금 콜라의 캔을 열려고 분투하거나 비닐

껍질에 싸여 있는 치즈를 먹으려고 노력하는 모습을 보았다. 그런 일들이었다. 때로는 말을 시켜보거나 사귀어보려고 노력했지만, 그녀가 말하는 언어인 우즈벡 따위 같은 건 전혀 몰랐다. 그래서 결국 그저 자신을 가리키며 "애나"라고 말하면 자신을 가리키며 "맥시머스" 또는 "수잉" 또는 "스티브" 또는 "아비"라고 중얼거리는 것으로 언제나 낙착되곤 했는데, 그런 다음 돈을 내고 떠나버렸다. 나중에, 그날 저녁에 다시 보게 되는데, 그들은 동네를 돌아다니거나 길모퉁이에서 어슬렁거리거나 밤하늘을 뚫어지게 바라보았다. 그리고 다음 날이 되면 다시는 볼 수 없었다. 할아버지는 밤에 한 시간 이상 잠들 수 없는 문제로 고생하고 계셨는데, 앞 베란다 바로 옆에 있는 입구를 통해 되돌아가는 모습을 새벽에 보았다고 말씀하셨다. 바로 똑 같은 베란다에서, 아주 못된 사람이었던 아버지가 술에 떡이 되어 아주 저속한 노래를 부르며 다른 사람처럼 입구를 통해 내려가는 걸 보시기도 하셨다. 구십 년 남짓 지나면 아버지도 하루 돌아오실 것으로 예상되었다.

우스운 이야기지만, 애나의 삶에서 가장 흥미를 끄는 것은 이 사람들이었다고 말할 수 있다. 그들의 얼굴, 우스꽝스러운 옷, 얼마나 끔찍한 일을 저질렀기에 지옥에 가게 되었을까 추측해보는 것 등. 사실은 실제로 이게 애나의 유일한 현실이었다. 때때로 너무 심심해지면 가게 문을 열고 들어오는 다음 번 죄인의 모습을 그려보려고 노력하였다. 아주 잘 생기거나 재미있는 사람일 거라는 상상을 하려고 언제나 노력하였다. 몇 주에 한 번씩은 진짜로 잘 생긴 덩치가 오거나 열지도 않고 캔의 내용물을 먹어야 한다고 주장하는 녀석이 오기도 했는데, 그러면 할아버지와 여러 날 이야기 거리로 삼곤 했다.

언젠가 한 번은 너무나도 잘 생긴 남자가 걸어 들어왔는데, 그와 함께 있어야만 한다는 것을 확실히 알았다. 백포도주, 소다수와 온갖 매운 향신료를 샀는데, 돈계산을 하는 대신 그저 그의 손을 잡아 집 쪽으로 끌었다. 그녀가 하는 말을 한 마디도 이해하지 못했지만 그녀를 따라왔으며, 정말 최선을 다했다. 그런데 그가 할 수 없다는 걸 인식하게 되자, 애나는 그를 껴안고 그건 정말로 문제가 안 된다는 걸 확신시키려는 것처럼 아주 큰 미소를 지어보였다. 그렇지만 소용이 없었고, 그는 밤새도록 울었다. 그가 떠난 순간부터 매일 밤 그가 다시 돌아오기를 그리고 모든 일이 다 잘 되기를 기도하였다. 그녀 자신보다 그를 위해서 기도했는데, 할아버지에게 이야기했더니 미소를 지으시며 착한 마음씨를 가졌구나 말씀하셨다.

두 달 뒤 그가 돌아왔다. 가게에 들어오더니 훈제 쇠고기

샌드위치를 샀다. 그에게 미소를 지었더니 미소로 답했다. 할아버지는 모두 다 백 년에 한 번씩만 나오니 그 사람일 리가 없으며, 쌍둥이나 뭐 그런 거임에 틀림없다고 말씀하셨다. 그녀도 정말 완전히 확신할 수 없었다. 어쨌든 간에 침대에 들었는데 실제로 모든 일이 순조로웠다. 그는 만족한 듯 했으며, 그녀도 또한 그러했다. 그런데 갑자기 그녀가 그만을 위해서 기도했던 것이 결국에는 아니었을 지도 모른다는 사실을 깨달았다. 나중에 그가 부엌에 들어가 소다수와 향신료와 포도주가 들어 있는 지난 번에 남겨 두고 간 봉지를 발견했고, 가지고 와서는 섞어서 자신과 애나를 위한 술을 만들었는데, 거품이 있으며 맵고 시원한 포도주였다. 지옥에서 온 스프리처 같은 거였다.

밤이 지나고 그가 나가려고 옷을 차려 입을 때, 그에게 가지 말라고 부탁했지만 선택의 여지가 없는 사람처럼 어깨를 으쓱하였다. 그가 떠난 뒤 정말로 그 사람이면 세 번째 올 수 있도록 기도했는데, 그가 아니라도 충분히 비슷하게 생긴 사람이라면 똑 같은 실수를 할 수 있을 것이었다. 몇 주 지난 뒤 구역질을 하기 시작했을 때, 아기이기를 기도했지만 그저 바이러스 감염임이 드러났다. 바로 그때 내부에서부터 입구를 닫아버리는 계획에 관해 마을 사람들이 이야기하기 시작했다. 애나가 매우 걱정했는데, 할아버지는 할 일 없는 사람들이 퍼뜨리는 소문일 뿐이라고 말씀하셨다. 그녀에게 미소를 지으셨다. "신경 쓸 것 없다. 입구가 너무 오랫동안 거기에 있었기 때문에 악마도 천사도 감히 닫아버릴 용기가 없을 거야." 그녀는 할아버지의 말을 믿었다. 그런데 어느 특정한 날 밤이었는데, 그녀가 기억하기에는 뚜렷한 이유도 없이, 잠을 자고 있는 것도 아니었는데, 입구가 더 이상 거기에 없다는 생각이 갑자기 들었다. 잠옷을 입고 뛰어나갔는데, 아직도 거기에 있는 것을 보고는 마음이 놓였다. 그런 다음, 그녀가 기억하기에, 거기로 내려가고 싶다는 그런 충동을 갖게 되는 순간이 있었다. 마치 빨려 들어가는 것 같이 느껴졌는데, 특별한 방문객에게 느꼈던 감정 때문이기도 하고, 못된 사람이었던 아버지가 정말 보고 싶었기 때문이기도 하고, 아마 무언가 다른 것이었을 지도 모르겠다. 이 지루한 마을에서 계속 혼자 살아가고 싶지 않았기 때문이었다. 입구에서 흘러나오는 차가운 공기에 귀 기울였다. 저 멀리 사람들이 비명을 지르는 건지 물이 흘러가는 건지 무슨 소리를 들었지만, 정확하게 무엇이었는지 말하기는 불가능했다. 정말 저 멀리에서 들려왔다. 결국 잠자리로 돌아왔고, 며칠 지난 뒤 입구는 정말 진짜로 사라졌다. 지옥이 저 밑에서 계속 존재하겠지만, 더 이상 누구도 나오지 않았다.

입구가 사라져 버린 이상 수지를 맞추기가 더욱 힘들어졌고, 훨씬 더 지루하고 평온해졌다. 할아버지가 돌아가셨고, 생선장수의 아들과 결혼했으며 두 가게는 합쳐졌다. 여러 명의 아이를 두었는데, 이야기 해주기를 좋아했다. 특히 유황 냄새를 풍기며 가게 안으로 걸어 들어오곤 하던 사람들에 관한 이야기를. 아이들은 그런 이야기에 무서워하며 울기 시작하곤 했다. 그러나 자신도 왜 그러는지 이해할 수 없었지만 여전히 계속해서 이야기했던 것이다.

엄마의 자궁

다섯 번째 생일날, 엄마가 암에 걸렸다는 사실이 발견되었다. 엄마의 자궁이 제거되어야 한다고 의사가 말했다. 슬픈 날이었다. 모두 아빠의 수바루를 타고 병원에 갔다. 의사가 눈물을 글썽이며 수술실에서 나올 때까지 기다렸다. "결코 전에 이렇게 아름다운 자궁을 본 적이 없어요." 수술용 마스크를 벗으며 의사가 말했다. "내가 마치 살인자같이 느껴져요." 엄마는 정말 진짜로 아름다운 자궁을 갖고 있었다. 너무 아름다워서 병원 측이 박물관에 기증했다. 토요일 일부러 거기에 갔는데, 삼촌이 그 옆에 서 있는 우리의 사진을 찍어주셨다. 아빠는 그때 이미 우리나라에 계시지 않으셨다. 수술 다음 날 엄마와 이혼하셨다. "자궁 없는 여자는 여자도 아니지. 게다가 여자도 아닌 여자와 같이 사는 남자 그 놈도 남자가 아니지." 알라스카 행 비행기를 타시기 직전 형과 내게 말씀하셨다. "너희들이 크면, 이해할 거다."

엄마의 자궁을 전시한 방은 아주 어두웠다. 유일한 빛이 자궁 자체에서 나오고 있는데, 야간 비행을 하는 비행기의 내부처럼 부드러운 불빛으로 빛났다. 사진으로는 그렇게 보이지 않는데, 카메라 플래시 때문이다. 가까이 다가 가보고나서야 의사가 왜 눈물을 글썽였는지 아주 잘 이해할 수 있었다. "네가 저기서 나왔지." 삼촌이 가리켰다. "넌 저 안에서 왕자처럼 살았지. 정말이야. 네 엄마는 정말 대단하지, 대단한 엄마야."

결국 엄마가 돌아가셨다. 결국 모든 엄마는 죽는다. 아빠는 유명한 극지 탐험가이며 고래잡이가 되셨다. 자궁을 들여다보려고 할 때마다 데이트를 하던 여자애들이 오해를 했다. 산부인과와 관련된 정신적 문제라고 생각했으니, 확실히 김새는 일이었을 것이다. 하지만 아주 튼튼한 골격을 가진 여자애가 결혼하는데 동의했다. 나는 유아 때부터 애들을 두드려 팼다. 우는 소리가 신경에 거슬렸기 때문이다. 그런데 사실은 빨리 교육을 받아들여서 그전이 아니라도 아홉 달이 되면 아예 울음을 그쳐버렸다. 처음에는 생일날이 되면 박물관에 데리고 가 할머니의 자궁을 보여줬는데 아이들이 관심을 보이지 않고, 아내가 열을 받았다. 그래서 대신 서서히 월트 디즈니 영화를 보여주기 시작했다.

어느 날 차가 견인됐는데 경찰서가 같은 동네에 있어서, 그곳에 있는 동안 박물관에 들렀다. 자궁이 예전에 있던 곳에 없었다. 옛날 그림이 가득한 방의 구석에 옮겨다 놓았는데, 더 자세히 살펴보니 아주 작은 푸른 점이 잔뜩 덮혀 있었다. 왜 깨끗하게 간수하지 않느냐고 수위에게 물어봤지만, 그저 어깨를 으쓱할 뿐이었다. 직원이 부족하면 내가 깨끗이 닦을 수 있게 허락해달라고 전시담당관에게 부탁했지만, 담당관은 성질이 아주 못 돼먹었다. 직원이 아니기 때문에 전시물을 만지는 게 허락되지 않는다고 말했다. 박물관 측이 백 퍼센트 옳다고 아내가 말했다. 그녀로 말할 것 같으면, 자궁을 공공기관, 특히 어린이가 가득한 장소에 전시한다는 사실이 역겨웠다. 하지만 난 딴 생각을 할 수 없었다. 박물관에 침입해서 자궁을 훔쳐 나와 돌보지 않는다면, 난 인간도 아니라는 걸 마음 속 깊이 알고 있었다. 비행기 승강대에 서 있던 그날 밤의 아빠처럼, 뭘 해야 하는지 정확히 알고 있었다.

이틀 뒤, 일터에서 밴을 갖고 와 문 닫기 직전 박물관에 도착했다. 방이 비어 있었지만, 사람을 만났더라도 걱정하지 않았을 것이다. 이번에는 무장하고 있었고, 게다가 정말 좋은 계획을 갖고 있었다. 유일한 문제는 자궁 자체가 사라져버렸다는 것이었다. 전시담당관은 날 보자 꽤 놀라는 눈치였다. 목구멍 깊숙이 제리코 총구를 밀어 넣자 아주 신속하게 정보를 뱉어냈다. 자궁은 그전 날 유태인 박애주의자에게 매각되었다. 알래스카의 마을회관으로 보낸다는 것이 계약 조건에 명기되어 있었다. 그런데 운반 도중 생태 전선의 지방 지부 소속 사람들에 의해 강탈당했다. 그 전선은 언론 발표를 통해 자궁이 감금되어서는 안 되며, 자연 환경 속에 해방시키기로 결정했다고 공표했다. 로이터 통신에 의하면, 생태 전선은 과격하며 위험한 집단이다. 은퇴한 고래잡이가 지휘하는 해적선에 의해 전체 작전이 실행되었다. 난 담당관에게 감사를 표하고 총을 거뒀다. 집에 오는 길 내내, 모든 신호등이 적색이었다. 백미러를 들여다보는 수고도 하지 않고 그저 이리 저리 차선을 계속 바꾸면서, 목구멍에 꽉 막힌 덩어리를 없애려고 애썼다. 이슬로 덮힌 푸른 초원 한 가운데에 있는 엄마의 자궁, 돌고래와 참치가 가득한 바다에 떠도는 엄마의 자궁을 상상하려고 애썼다.

돼지 부수기

아빠가 바트 심슨 인형을 사주려고 하지 않으셨다. 엄마는 사실 그러자고 말씀하셨지만, 아빠는 내 버릇이 나빠졌다고 말씀하셨다. 아빠가 엄마에게 말씀하셨다. "왜 그래야 하지, 응? 우리가 왜 사주어야 하지? 애가 좀 뻑뻑거리면 당신은 그저 서둘러서 달래려고만 하지." 내가 돈 귀한 줄 모른다고 말씀하셨다. 어릴 때 못 배우면, 내가 언제 배울 수 있겠냐? 바트 심슨 인형을 너무 쉽게 갖는 애는 사탕가게 터는 양아치로 자란다. 왜냐면 뭘 원하든 쉽게 갖는 데 익숙해지니까. 그래서 바트 심슨 인형 대신 등에 동전구멍이 나 있는 못 생긴 도자기 돼지를 사주셨는데, 이제 난 잘 자랄 것이며, 이제 난 양아치가 되지 않을 것이다.

매일 아침 코코아를 한 컵 마셔야 한다, 내가 아주 싫어해도 말이다. 얇은 막을 같이 먹으면 한 세켈, 얇은 막을 같이 안 먹으면 반 세켈이고 먹자마자 토해내면 아무것도 못 갖는다. 난 동전을 돼지의 등에다 밀어 넣는다. 흔들어보면 짤랑거린다. 돼지가 가득 차면, 흔들어도 짤랑거리지 않는다. 스케이트보드를 탄 바트 심슨 인형을 갖게 될 것이다. 이렇게 아빠가 말씀하시는데, 이런 게 교육적이다. 사실, 돼지가 귀엽다. 만져보면 코가 차고, 등에다 세켈을 밀어 넣으면 웃는다. 등에다 반 세켈을 밀어 넣어도 웃는다. 그러나 멋진 건, 아무것도 안 해도 웃는다는 것이다. 그의 이름을 지어주었다. 마골리스라고 불렀는데, 우리 집 우체통에 살던 사람의 이름이다. 아버지가 그의 이름표를 떼어내지 못했다. 마골리스는 다른 장난감 같지 않게, 훨씬 조용하고, 불빛도, 스프링도, 방전되는 건전지도 없다. 그저 식탁 아래로 뛰어내리지 않도록 살펴보기만 하면 된다. "마골리스, 조심해! 넌 도자기로 만들어졌잖아." 주의를 주며, 바닥을 내려다보려고 몸을 조금 구부리는 걸 잡는다. 그가 나를 보고 웃고, 내가 내려놓을 때까지 참을성 있게 기다린다. 그가 웃는 게 너무 좋다. 오직 그를 위해 매일 아침 얇은 막이 있는 코코아를 마신다. 그러면 그의 등에다 세켈을 밀어 넣을 수 있고 그의 미소가 전혀 변하지 않는 걸 쳐다본다. "사랑해, 마골리스." 나중에 그에게 말한다. "솔직히, 엄마, 아빠보다 네가 더 좋아. 무슨 일이 있어도, 사탕 가게를 털어도, 언제나 너를 사랑할 거야. 그러니 식탁에서 뛰어내린다는 생각은 하지도 마!"

어제 아빠가 와서, 마골리스를 식탁에서 집어 들고, 거칠게 흔들며 거꾸로 뒤집어보기 시작하셨다. "조심해, 아빠. 마골리스, 배 아프게 하시잖아요." 하지만 아빠는 멈추지 않으셨다. "더 이상 소리가 나지 않는구나. 무슨 말인지 알겠지, 그렇지? 내일 스케이트보드를 탄 바트 심슨을 갖게 된단다." "좋아요, 아빠. 스케이트보드를 탄 바트 심슨, 좋아요. 이제 마골리스를 그만 흔드세요. 어지러워하잖아요." 아빠가 마골리스를 식탁 위에 도로 놓고, 엄마를 부르러 가셨다. 잠시 후 되돌아오셨는데, 한 손으로는 엄마를 끌고 다른 손에는 망치를 잡고 계셨다. 엄마에게 말씀하셨다. "봐, 내가 옳았지. 이제 물건에는 가격이 있다는 걸 알잖아. 그렇지, 요아비?" "물론 그래요. 물론이죠, 근데 망치로 뭐하시려는 거 에요?" "자 이거 받아라." 망치를 내 손에 쥐어주셨다. "그저 조심해라." "물론이죠, 조심할게요." 나는 조심했고, 몇 분 뒤 아빠가 안달이 나서 말씀하셨다. "자, 어서, 돼지를 부숴라." "뭐라고요?" 내가 물었다. "마골리스를 부수라고요?" "그래, 그래, 마골리스. 자, 그걸 부숴. 바트 심슨을 벌었잖니. 넌 충분히 노력했어." 마골리스는 끝이 가까운 걸 아는 도자기 돼지의 슬픈 표정을 지으며 내게 미소 지었다. 망할 놈의 바트 심슨. 나보고 망치로 친구의 머리를 때리라고? "바트 심슨은 필요 없어요." 아빠에게 망치를 돌려주었다. "마골리스면 충분해요." "이해를 못하는구나. 괜찮아, 교육적이니, 이리 와, 내가 대신 부숴주지." 아빠가 망치를 들었다. 엄마의 풀 죽은 눈과 마골리스의 체념하는 미소를 보며, 모든 게 내게 달렸다는 걸 알았다. 내가 무언가 하지 않으면, 그는 죽는다. "아빠." 아빠의 다리를 붙잡았다. "뭐냐, 요아비?" 망치를 든 손이 공중에서 잠시 멈췄다. 내가 사정했다. "한 세켈만 더 넣어주고요, 제발. 내일, 코코아 마시고, 안에다 한 세켈 더 밀어 넣게요. 그런 다음 우리 부숴요, 내일, 약속해요." "한 세켈 더?" 아빠가 미소 지으며 망치를 내려놓았다. "당신 봤지? 얘가 자제력을 배웠구려." "그래요, 자제력, 내일." 내가 말했다. 이미 눈물로 목이 메었다.

그들이 방에서 떠나자 마골리스를 꼭 껴안았는데 눈물이 쏟아졌다. 마골리스는 아무 말도 하지 않고, 내 손에서 조용히 떨고 있었다. "걱정 마, 내가 구해줄게." 그의 귀에다 속삭였다.

그날 밤 아빠가 거실에서 TV 다 보고 침대로 가시기를 기다렸다. 그리고 아주 조용히 일어나 마골리스를 갖고 현관으로 빠져나왔다. 어둠 속에서 한참을 걸어, 가시나무 많은 들판에 도착했다. "돼지는 들판을 아주 좋아하니까." 땅에다 내려놓으며 마골리스에게 말했다. "가시나무 많은 들판을 특히 좋아하니까. 너도 여길 좋아하게 될 거야." 대답을 기다렸지만, 마골리스는 아무 말도 하지 않았다. 작별 인사로 코를 만졌을 때, 그저 슬픈 표정을 지었을 뿐이었다. 다시는 날 볼 수 없다는 걸 그는 알고 있었다.

풀고 잠그고

그는 저기 골목길 중간에 서 있는데, 내게서 이십 미터 정도 떨어져 있다. 얼굴에 (아라비아의 남성이 쓰는 두건인) 카피에를 쓰고, 더 가까이 오게 하려고 나를 약 올리고 있다. "특전사 씨팔 놈들." 그가 심한 아랍 말투로 내게 소리친다.

"무슨 일이야, 너 소대 영웅? 사팔뜨기 하사가 어젯밤 너무 심하게 빼뺑이 돌리디? 뛰려고 하니 힘이 없어?" 그가 바지의 지퍼를 열고 좆을 꺼냈다. "무슨 일이야, 특전사? 내 좆이 너에게 충분히 좋지 않니? 네 누이에게는 충분히 좋은데, 안 그래? 네 엄마에게는 아주 좋은데, 안 그래? 네 친구 아붓불에게는 아주 좋았지. 어떻게 지내, 아붓불? 좀 나아졌어, 불쌍한 녀석? 그를 데려가려고 특별 헬리콥터를 데려오는 걸 내가 봤지. 미친놈처럼 나를 쫓아왔어. 반 블록을 미친년처럼 달리던데. 와장창!! 그의 얼굴이 수박처럼 깨졌지."

나는 총을 세우고 시야의 정 가운데에 그를 잡았다.

"계속 해. 쏴, 이 호모야." 그가 셔츠의 단추를 풀면서 소리 쳤다. "바로 여기를 쏘아." 비아냥거리며 심장을 가리켰다. 나는 안전장치를 풀고 숨을 멈췄다. 그는 손을 허리에 대고 일이 분 더 기다리는데, 조금도 신경 쓰지 않는다. 그의 심장 은 피부와 살 아래 깊숙이 있는데, 내 시야 사이에서 완벽하 게 일직선으로 조준되어 있다.

"결코 쏘지 못할 거야, 씨팔 놈의 겁쟁아. 아마도 네가 쏜 다면, 사팔뜨기 하사가 더 이상 삥삥이 돌리지 않을 거 아냐, 응?"

나는 총을 내린다. 그리고 그는 또 다른 모욕적인 제스처 를 취한다. "야, 나는 간다, 씨팔 놈아. 내일 여기로 지나간다. 언제 이 깡통을 다시 지키게 하냐? 10시부터 2시? 그때 보 자." 그가 뒷골목 쪽으로 걸어가기 시작하더니 갑자기 멈춰 서서 뽐내며 웃었다. "아붓불에게 하마스로부터 안부 전해주 라, 응? 그 벽돌 정말 미안했다고 말해줘."

순간적으로 총을 들었다. 그리고 그가 다시 바로 내 시야 에 들어올 때까지 조준을 바로 잡는다. 이제 그의 셔츠의 단 추는 잠겼지만, 그의 심장은 여전히 내 거다. 그런데 누가 나를 때려누였다. 모래 속에 처박혔다. 그리고 갑자기 당직하사 엘리가 보인다. "너 정신 나갔어, 메이어?" 그가 소리쳤다. "도대체 뭐하고 있다고 생각해, 무기를 뺨에 문지르면서 빌 어먹을 카우보이처럼 거기 서서 말이야? 이게 뭐라고 생각 해? 씨팔 놈의 서부 개척 시대나 뭐 그런 거여서, 돌아다니다 가 지나가는 사람에게 탄환을 먹일 수 있다는 거냐?"

"제기랄, 엘리. 그를 쏘려는 게 아니었어요. 그저 겁을 주 고 싶었어요." 나는 말하면서 그의 시선을 피했다.

"겁을 주고 싶었다고?" 그가 다시 외쳐대면서 내 대공포부 대 방탄조끼의 어깨끈을 흔들어댔다. "그러면 귀신 얘기를 해. 안전장치를 풀고 발사준비를 하고 겨냥하는 게 그렇게 대 단한 생각이냐, 별 거는 아니고?"

"호모야, 사팔뜨기 하사가 오늘은 엉덩이를 차줄 것 같지 않네." 아랍인이 소리치는게 들린다. "좋겠네. 사팔뜨기 하 사, 나를 위해서라도 한 방 먹여."

"그들을 무시하는 걸 배워야 해." 엘리가 말했다. 나를 놓 아줄 때 숨을 헐떡였다. "알았어, 메이어?" 그의 말투가 으르 렁거리는 속삭임으로 바뀌었다. "느긋해지는 걸 배워야 해. 이런 걸 꼬집어내는 걸 다시 한 번 보면, 내가 개인적으로 군 법회의에 회부하도록 조치할 거야."

그날 밤, 병원에서 전화가 왔는데 수술이 잘 되지 않았고, 아마도 아붓불이 식물인간으로 남아있을 거라는 말이었다.

"그들을 무시하는 걸 배우는 한 말이죠." 내가 엘리에게 내뱉듯이 말한다. "이런 게 계속되면, 끝내 그들을 영원히 무시하게 되겠죠, 아붓불처럼요."

"네 불만이 뭐야, 메이어?" 갑자기 엘리가 똑바로 일어선다. "너는 내가 아붓불을 걱정하지 않는다고 생각해? 알겠지만, 그는 네 친구였던 만큼 내 친구였어. 이 순간 지프를 타고 집집마다 돌아다니며 그들을 끄집어내어 씨팔 놈의 머리에다 총알을 박아 넣고 싶지 않다고 생각하는 거야, 마지막까지 그들 모두 다를? 하지만 내가 그렇게 하면, 그들과 똑같아 지는 거야. 알아들어? 아무것도 이해 못하지, 그렇지?" 그러나 갑자기 나는 정말로 이해한다. 그가 이해하는 것보다 훨씬 더.

그가 저기 서 있는데, 내게서 이십 미터 정도 떨어져 있다. 얼굴에 카피에를 쓰고 있다.

"좋은 아침이야, 씨팔 놈아." 그가 내게 외쳐댔다. "좋은 아침." 내가 속삭이며 대답했다.

"아붓불은 어떻게 지내, 호모야?" 그가 내게 외쳐댔다. "하마스로부터의 안부는 전했어?" 나는 방탄조끼가 땅에 떨어지게 했다. 그런 다음 헬멧을 벗었다.

"무슨 일이야, 호모?" 그가 소리쳤다. "사팔뜨기에게 너무 당해서 머리가 너무 이상해진 거 아냐?" 내 야전복의 싸개를 찢어서 카피에처럼 얼굴에 묶었다. 여전히 보이는 건 내 눈들이다. 나는 총을 들어, 발사준비를 하고 안전장치가 잠겨 있는지 확인한다. 두 손으로 개머리판을 잡고, 머리 위에서 몇 번 총을 흔들고, 갑자기 놓아버린다. 그건 공중을 날아, 거의 땅을 스치지도 않고, 그런 다음 우리 중간에 떨어진다. 이제 나는 그와 똑같다. 이제 나에게도 이길 기회가 있다.

"그건 네 거야, 미친년아." 내가 그에게 소리쳤다. 잠시 그가 나를 응시하는데, 당황했다. 그런 다음 무기를 향해 달려 갔다. 그는 바로 그걸 향해 몸을 날리고, 나는 그를 향해 질주한다. 그가 나보다 빠르다. 그는 나보다 앞서 그것에 도착할 것이다. 그러나 내가 이길 것이다. 왜냐하면 이제 나는 그와 똑같다. 그의 손에 총이 있으니 그는 나와 똑같은 것이다. 그의 엄마와 누이들이 유대인들과 성교할 것이고, 그의 친구들이 병원 침대에서 식물인간이 될 것이고, 그는 손에 총을 들고 씨팔 놈의 바보처럼 저기에서 나를 직면하고 서서 할 수 있는 게 없을 것이다. 어떻게 내가 지는 게 가능하겠는가?

그가 총을 집었는데, 나는 5미터도 떨어져 있지 않았다. 그가 안전장치를 푼다. 무릎 하나를 땅에 대고 그가 조준을 하고 방아쇠를 당긴다. 그런 다음 그가 지난 달 동안 이 지옥에서 내가 발견했던 것을 그가 발견한다. 총이 쓸모가 없다. 3.5킬로그램의 고철이다. 완전히 쓸모없다. 시도할 필요조차 없다. 그가 땅에서 일어나기도 전에 내가 그에게 도착해서 그를 심하게 때린다. 정확히 주둥이를. 그의 몸이 뒤로 구부러지는데, 머리채를 잡아끌어 그의 카피에를 벗긴다. 나는 그의 눈을 바라본다. 그런 다음 저 얼굴을 붙잡고 전봇대에다 있는 힘껏 박았다. 다시 그리고 다시 그리고 다시. 그래, 특전사 씨팔 놈아, 이제 누가 너를 쪼아대겠니?

공중 곡예사 산티니

이탈로가 왼 손으로 신호하자 초조하게 만들던 드럼 롤 소리가 멈췄다. 이탈로가 길게 숨을 들이마시고 눈을 감았다. 반짝반짝 빛나는 의상을 입고 텐트의 캔버스 천장에 거의 닿을 듯 긴장한 자세로 작은 나무판 위에 서 있는 이탈로를 보았을 때, 모든 게 갑자기 명확해졌다. 집을 떠나 서커스단에 합류하리라! 공중 곡예사 산티니가 되고, 공중으로 도약하고, 그네 로프를 이빨로 물고 매달리리라!

이탈로가 공중에서 정말로 공중제비를 두 번 반 했고, 세 번째 하는 도중 제일 어린 산티니 단원, 엔리코의 쭉 뻗은 손을 움켜잡았다. 관중이 발을 차고 일어나 열광적으로 박수갈채를 보냈는데, 아빠가 내 팝콘 상자를 공중에다 집어던져서 머리 위에 소금기 많은 눈송이가 내려앉았다.

어떤 애는 한밤중에 집에서 도망쳐 서커스단에 합류했지만, 아빠는 자기 차에 나를 태워 데리고 가셨다. 아빠와 엄마가 여행 가방에 짐 싸는 걸 도와주셨다. "애야, 네가 아주 자랑스럽다." 루이지 산티니 대장의 이동가옥의 문을 두드리기 전 아빠가 일 분 동안 나를 껴안았다. "잘 가라, 아리엘-마르셀로 산티니. 서커스단 마루 저 높은 곳에서 날 때면 가끔 아빠, 엄마 생각도 해라."

루이지 대장이 문을 열었는데, 서커스 의상의 반짝반짝 빛나는 바지와 줄무늬 잠옷 윗도리를 입고 있었다. 내가 속삭였다. "루이지 대장, 합류하고 싶어요. 공중 곡예사 산티니가 되고 싶어요." 루이지 대장이 유심히 살펴보고, 마른 팔의 근육을 관심 있게 만져보고는 들어오게 했다. "수많은 어린이가 공중 곡예사 산티니가 되고 싶어 하지." 몇 초의 침묵 뒤에 말했다. "네가 왜 다른 모든 사람보다 적합하다고 생각하지?" 무슨 대답을 해야 할지 몰라 아래 입술을 깨물었고, 아무 말도 못했다. "용감하니?" 루이지 대장이 물었다. 고개를 끄덕였다. 잽싼 동작으로 루이지 대장이 얼굴 바로 앞으로 주먹을 내밀었다. 난 꿈쩍도 하지 않고, 눈도 깜빡이지 않았다. "흠……" 루이지 대장이 자신의 턱을 톡톡 두드렸다. "그리고 민첩하니? 공중 곡예사 산티니가 민첩하기로 유명한 걸 알고 있겠지." 다시 고개를 끄덕였고 아래 입술을 세게 깨물었다. 루이지 대장이 오른 손을 내밀고, 그 위에 백 리라 동전을 올려놓고는 흰 눈썹으로 신호했다. 그가 주먹을 쥐기 전 동전을 낚아채는 데 성공했다. 루이지 대장이 고개를 끄덕이는데, 감명 받은 것 같았다. "이제 하나의 테스트만 남았다." 우뢰같이 말했다. "유연성 테스트. 다리를 쭉 펴고 발가락에 닿아야 한다." 몸의 긴장을 풀고, 숨을 길게 들여마시고는 눈을 감았는데, 형 이탈로가 그날 저녁 공연에서 했던 바로 그 방법이었다. 몸을 구부리고 손을 뻗었다. 거의 닿을 듯, 손가락 끝이 구두끈에서 겨우 몇 밀리미터 떨어진 걸 볼 수 있었다. 몸은 방금 툭 끊어지려고 하는 로프처럼 팽팽했지만, 포기하지 않았다. 사 밀리미터가 산티니 가족과 떨어져 있는 거리였다. 건너야만 한다는 걸 알고 있었다. 그런데, 갑자기, 그 소리를 들었다. 나무와 유리가 함께 부서지는 소리 같았는데, 너무 커서 귀가 멍멍했다. 마차 밖에서 기다리던 아빠가 소음에 놀라 이동가옥 차량 안으로 달려 들어오셨다. "괜찮니?" 일어나는 걸 도와주려고 하셨다. 등을 똑바로 펼 수가 없었다. 루이지 대장이 강건한 팔로 날 들어 올렸고, 우리는 함께 병원으로 달려갔다.

엑스레이에 척추골 L2와 L3 사이의 디스크 탈골로 드러났다. 들어서 불빛에 비춰보니 투명한 척추 위에 검은 점 같은 것, 커피 방울 같은 걸 볼 수 있었다. 갈색 봉투 위에 볼펜으로 "아리엘 플레데르마우스"라고 쓰여 있었다. 마르셀로도 없고, 산티니도 없고, 그저 구부러지고 못 생긴 글씨였다. "무릎을 구부릴 수도 있었는데." 루이지 대장이 속삭이며 내 눈의 눈물을 닦아주었다. "조금 구부릴 수도 있었는데. 내가 아무 말도 안 했을 텐데."

코르비의 여자

코르비는 모든 불량배처럼 불량배였다. 그들이 주로 추악한지 아니면 주로 무식한지 알기 어려운 그런 종류였다. 그저 모든 불량배처럼, 그에게는 예쁜 여자 친구가 있었다. 누구도 그녀가 그와 무슨 짓을 하는지 생각해낼 수 없었다. 그녀는 키가 크고 갈색머리를 하고 있었는데, 그보다 키가 컸고 그녀의 이름은 마리나였다. 그리고 내 큰 형 미로와 길거리에서 그들을 지나갈 때마다, 그가 "아니"라는 움직임처럼 머리를 천천히 좌우로 움직이는 걸 보고 흥분하곤 했다. 마치 그가 "무슨 낭비람. 무슨 낭비람."이라고 혼잣말을 하는 것 같았다. 코르비의 여자친구도 흥분하였음에 틀림없다. 왜냐하면 길거리에서 우리가 그녀와 코르비 쪽으로 다가갈 때마다 그녀는 내 형에게 미소 짓곤 했다. 그러다가 어떤 단계에 이르면 미소 이상의 것으로 변했다. 그리고 그녀가 우리 집에 오기 시작했다. 그리고 형이 나를 집밖으로 쫓아내기 시작했다. 처음에는 그녀가 오후에, 잠시 동안만 왔다. 그 뒤에는 여러 시간 머무르곤 했고 그리고 코르비와 그의 멍청한 친구 크로토친스키를 제외하고는 모두 다, 이웃에 있는 모두가 그걸 알기 시작했다. 그들은 페르시아인의 식료품점 바깥에 있는 뒤집어 놓은 나무상자들 위에 앉아서 하루 종일 백개면 주사위 놀이를 하고 버찌 소다를 마시면서 시간을 보냈다. 이 두 가지 외에는 삶에 다른 게 없는 것처럼 말이다. 그들은 판자 위에 여러 시간 동안 앉아서 그들 외에는 누구도 관심이 없는 승리들과 패배들의 수천 점의 점수들을 더하곤 하였다. 걸어서 그들을 지나갈 때 만약 페르시아인이 저녁에 가게를 닫지 않는다거나 만약에 마리나가 나타나지 않는다면 그들이 영원히 그곳에 들러붙어 있을 것이라는 느낌을 언제나 갖게 된다. 마리나나 그들 밑에 있는 나무상자를 빼내는 페르시아인을 제외하고는 어떤 것도 코르비를 일어나게 만들 수는 없을 것이기 때문이었다.

코르비의 여자친구가 우리 집을 방문하기 시작한 지 몇 달이 지났다. 그래서 형이 나를 방에서 쫓아내는 게 그때쯤이면 내게는 아주 자연스러워져서 그런 식으로 영원히 아니면 적어도 형이 군대에 갈 때까지 계속될 것이라고 생각했다. 어느 날 형과 내가 청소년 회관에 갈 때까지였다. 우리 집에서 꽤 멀리 있었는데, 아마도 5마일이었을 것이다. 그러나 형은 버스를 타는 대신에 걷기를 주장했다. 왜냐하면 청소년 회관 공 튀기기 대회에 좋은 준비 운동이 될 것이라고 그가 생각했기 때문이었다. 날이 어두워져 가는데, 우리 둘은 보온복을 입고 있었다. 페르시아인의 식료품점을 지나갈 때 상점 건너편에 있는 나무 바로 옆에 마루를 닦은 더러운 물을 부어버리면서 문을 닫을 준비를 하고 있는 그를 만났다. "오늘 마리나 보았어요?" 형이 그에게 물었다. 그리고 페르시아인이 반쯤 빨아들이는 소음으로 그에게 대답했는데, 그건 페르시아어를 알지 못할지라도 "아니"를 의미한다는 것을 알 수 있을 것 같은 소리다. "오늘 코르비도 보지 못했어." 페르시아인이 말했다. "이번 여름 처음으로 그가 나타나지 않았어. 이유를 모르겠어. 오늘 날씨가 좋아." 우리는 계속 걸었다. "그와 크로토친스키도 청소년 회관에 갔다고 믿어." 내가 말했다. "그들이 어디에 갔든 내가 왜 신경을 써?" 형이 날카롭게 말했다. "그들이 어디에 갔든 누가 신경을 써?"

그러나 코르비는 청소년 회관에 가지 않았다. 내가 아는데, 왜냐하면 우리가 가는 길에 그를 만났기 때문이다. 공원에서

인데, 인공 호수에서 멀지 않은 곳이었다. 그와 크로토친스키가 우리 쪽으로 왔다. 코르비는 녹슨 철 막대기를 들고 있었고 크로토친스키는 머리를 극적이고 있었다. 그리고 그들은 마치 무언가 중요한 일에 집중을 하고 있는 것처럼 말을 하지 않았다. 우리는 안녕이라고 말하지 않았고 그리고 그들도 하지 않았다. 우리가 거의 그를 지나칠 때, 코르비가 입을 열어서 말했다. "개자식." 그리고 무슨 일이 벌어지고 있는지 내가 알기도 전에, 그는 녹슨 막대기로 미론의 배를 쳤고 형은 아스팔트에 쓰러져서는 고통으로 몸을 뒤틀었다. 나는 그에게 가서 도와서 일으키려고 했지만, 크로토친스키가 뒤에서 나를 붙잡았다. "너." 코르비가 형이 눕게 몸을 돌리고는 발로 몇 번 찼다. "너는 우리가 잘 지내는데 내 여자를 훔쳤어." 그가 외쳤다. 그의 얼굴은 온통 빨갰다. 그리고 형이 대답을 할 수 있기도 전에 코르비가 신발로 그의 목을 누르고 거의 몸무게 전체를 그 위에 실었다. 나는 빠져나오려고 했지만, 크로토친스키의 손아귀가 너무 단단했다. "알다시피, 골드, 네가 한 짓에 대한 십계명이 있어." 코르비가 씩씩거렸다. "'도둑질하지 말라.'는 게 명령된 거야. '도둑질하지 말라.' 그런데 너는? 신경을 쓸 수도 없었지." "간음하지 말라." 내가 말했다. 나도 이유를 모른다. 땅에 있는 형의 눈이 굴러 올라가는 게 보였다. "뭐라고 말했어?" 코르비가 멈췄다. 그가 내게로 몸을 돌릴 때, 형의 목에서 약간의 무게가 들어 올려졌고, 형이 기침을 하고 토하기 시작했다. "'간음하지 말라.' 가 네가 뜻하는 거라고 말했어." 내가 우물거렸다. "그건 다른 십계명이야." 이제 미론이 일어나는데 성공해서 코르비를 막 패주기를 하느님께 기도했다. 코르비가 말했다. "그런데 그게 다른 십계명이라면, 그게 다른 점이 있을 거라고 생각하는 거야? 그것 때문에 네 멍청이 형의 목에서 내 발을 떼게 만들 거라고 생각해?" 그가 다시 몸을 앞으로 기울였다. "아니." 내가 코르비에게 말했다. "그것 때문이 아니라는 뜻이야. 그러나 그를 놓아줘, 코르비, 그를 질식시키고 있잖아. 그가 질식하는 게 안 보여?" 코르비가 형의 목에서 발을 떼고 내게로 다가왔다. "말해봐, 골드. 너는 좋은 학생이지, 맞지? 내게는 좋은 학생처럼 보여." "그저 그래." 내가 웅얼거렸다. "내게 그런 그저 그래 같은 헛소리 하지마." 코르비가 말했고 그의 손등으로 내 얼굴을 건드렸다. 나는 머리를 뒤로 했다. "너는 유능한 학생이지." 그의 뒤로, 땅 위에서, 미론이 일어나려고 노력하는 게 보였다. "그러니 내게 말해봐, 골드." 코르비가 몸을 구부리고 보도에서 철 막대기를 들어올렸다. "말해봐, 십계명을 위반하면 성경에 있는 벌이 무엇이었지?"

내가 계속 침묵했다. 코르비가 손에서 철 막대기를 튀기기 시작했다. "자, 골드." 그가 얼굴을 찌푸렸다. "말해봐, 그래서 내가 알게. 왜냐면 나는 우둔하고 너처럼 그런 유능한 학생은 아니니까." "나는 몰라." 내가 말했다. "엄마를 걸고 맹세해. 나는 몰라. 십계명을 배웠어, 그게 다야. 벌에 대해서는 아무 말도 하지 않았어."

코르비가 아스팔트에 누워 있는 형에게로 몸을 돌리고는 갈빗대에 발길질을 했다. 사악하게가 아니라 침착하게, 마치 심심해서 콜라 깡통을 차는 것처럼. 미론의 입에서 작은 소음이 나왔는데, 소리를 지를 힘조차 없는 것 같았다. 나는 울기 시작했다. "제발, 골드, 울지 마." 코르비가 말했다. "그저 질문에 대답해." "몰라, 씨팔 놈아," 내가 소리쳤다. "씨팔 놈의 십계명을 어긴 벌이 무언지 몰라. 그냥 그를 내버려둬, 빌어먹을, 그를 내버려둬." 크로토친스키가 한 손으로 내 뒤에서 내 팔을 비틀고 다른 손으로 내 머리를 구타했다. "이건 성경에 대해 말한 것 때문이야." 그가 내뱉었다. 그가 다시 구타했다. "그리고 이건 내 친구에 대해 말한 것 때문이야." "내버려둬, 크로토, 내버려둬." 코르비가 말했다. "형 때문에 화난 거야." "제발, 말해." 공중으로 철 막대기를 올리면서 삐걱대는 목소리로 계속했다. "말해, 아니면 네 형의 무릎을 때려 부술 거야." "아니, 코르비." 내가 소리쳤다. "제발 그러지 마." "그럼 말해." 코르비가 막대기를 높이 들고 말했다. "다른 사람의 여자친구를 훔친 사람에게 받아야 할 게 무엇이라고 신이 말했는지." "죽여라." 내가 속삭였다. "십계명을 어긴 사람은 누구나 죽을 만하다." 코르비가 막대기를 뒤로 크게 휘둘러 온힘을 다해 내던졌다. 인공호수에 떨어졌다. "그가 하는 말을 들었어, 크로토?" 코르비가 말했다. "골드 주니어가 하는 말을 들었어? 그는 죽을 만해. 그런데 내가 그런 말을 하지 않았어." 그가 하늘을 가리켰다. "하느님이 그걸 말했어." 그의 목소리에는 무엇인가 있었는데, 마치 울려고 하는 것 같았다. 그가 말했다. "자, 가자. 골드 주니어가 누가 옳은지 말하는 것을 듣기를 원했을 뿐이야." 크로토친스키는 나를 놓아주었고 그리고 그들은 둘 다 걸어 가버렸다. 그가 떠나기 전에 코프비가 그의 따뜻한 손등으로 내 얼굴을 다시 건드렸다. "너는 괜찮아, 애야." 그가 내게 말했다. "너는 괜찮아."

공원 근처에 있는 주차장에서 우리를 병원에 데리다 줄 사람을 발견했다. 겉으로 보기에 비해서 미론은 아주 쉽게 벗어났는데, 2달 동안 정형외과 목테를 하였고 몇 군데 멍들었다. 코르비는 결코 다시 형 근처에 오지 않았고 마리나 근처에도 아니었다. 그녀와 형은 1년 넘게 잘 지냈고 그런 다음 갈라섰다. 예전에, 그들이 아직 같이 있을 때, 가족 전체가 바다로 여행을 갔다. 나와 형은 해변에 앉아서 마리나가 누나와 물놀이 하는 걸 지켜보았다. 우리는 그녀를 보았고 그녀의 그을린 다리로 물을 차는 모습, 그녀의 긴 머리가 앞으로 떨어지며 그녀의 완벽한 얼굴을 거의 덮는 모습을 보았다. 우리가 그녀를 보는 동안, 나는 갑자기 코르비 그리고 그가 어떻게 해서 거의 울 뻔했는지 기억했다. 우리가 공원에서 그들에게 붙잡혔던 그날 저녁에 관해 형에게 물어보았다. 그가 아직도 그것에 관해 생각하는지 그에게 물어보았다. 그런데 형이 그래라고 말했다. 우리는 한 동안 침묵을 하고 물속에 있는 마리나를 쳐다보았다. 그리고 그런 다음 그가 그걸 많이 생각했다고 말했다. 내가 말했다. "말해봐. 이제 그녀가 이미 같이 있는데, 그때 공원에서 벌어졌던 게 가치가 있었다고 생각해?" 지금 누이가 등을 돌리고 얼굴을 가리기 위해 손을 들었지만 마리나는 계속해서 물을 튀기면서 웃고 있다. 형이 고개를 천천히 좌우로 움직이며 말했다. "그날 밤, 세상에서 어느 것도 그날 밤 가치가 없었어."

신발

대학살 기념일 날, 사라 선생님이 우리를 인솔해 57번 버스를 타고 볼히냐 유대인 박물관을 방문했는데, 아주 중요한 일인 것 같은 느낌이 들었다. 나, 내 사촌 그리고 또 다른 소년, 드럭맨을 제외하고 반 아이들 모두의 가족은 이라크 출신이었다. 난 할아버지가 대학살 때 돌아가신 유일한 학생이었다. 볼히냐 저택은 아주 아름답고 멋졌는데, 전부 검은 대리석으로 만들어져 백만장자의 저택 같아 보였다. 슬픈 흑백 사진, 사람들, 나라들, 죽은 사람들의 명단으로 가득 차 있었다. 짝지어 걸어가며 사진들을 지나갔는데, 선생님이 말씀하셨다. "만지지 마!" 하지만 판지로 만들어진 사진 하나를 정말로 만지게 되었다. 여위고 창백한 남자를 보여줬는데, 샌드위치를 손에 쥐고 울고 있었다. 고속도로에서 보게 되는 중앙 분리선처럼 눈물이 뺨을 타고 흘러내렸다. 내 짝, 오릿 셀럼이 내가 만졌다고 선생님께 말씀드리겠다고 말했다. 난 관심 없다고, 원하는 데로 누구한테나, 교장 선생님께 말씀드린다 해도, 눈곱만큼도 신경 안 쓴다고 말했다. 내 할아버지니까, 내 맘대로 만지겠다.

사진 다음에 큰 강당으로 인솔됐는데, 떠밀려 트럭에 태워진 다음 가스에 질식사한 어린아이들에 관한 영화를 보여주었다. 그런 다음 깡마른 노인이 연단에 올라가 나치가 얼마나 악당이며 살인자였는지, 어떻게 그들에게 복수했는지 말해주었다. 그는 맨손으로 군인 한 명을 목 졸라 죽이기도 했다. 노인이 거짓말한다고 옆에 앉아 있던 더비가 말했다. 노인을 보라고, 군인을 흙 속에 처박을 수 있는 방법이 없다고. 하지만 노인의 눈을 보자 믿음이 갔다. 노인의 눈에 있는 분노가 얼마나 큰지, 내가 봤던 적 있는 힘 넘치는 불량배의 갖은 난폭함도 비교적 사소한 일 같아 보였다.

마지막으로, 대학살 기간 동안 뭘 했는지 얘기를 끝내며 우리가 금방 들은 건 과거뿐 아니라 오늘날의 사태와도 무관하지 않다고 말했다. 왜냐면 독일은 여전히 존재하며 여전히 나라를 갖고 있으니까. 노인은 결코 그들을 용서하지 않을 것이며, 우리도 결코 그 나라를 방문하지 말기 바란다고 말했다. 왜냐면 오십년 전 부모님과 함께 독일에 갔을 때 모든 게 다 멋져 보였지만 생지옥으로 끝났기 때문이다. 사람들의 기억은 짧다고 노인이 말했다, 특히 나쁜 것과 관련되는 곳에서는. 사람들이 잊어버리는 경향이 있지만, 너희들은 잊지 말아야 한다고 말했다. 독일 사람을 볼 때마다 내가 말해줬던 걸 너희는 기억할 것이다. 독일 제품을 볼 때마다, 텔레비전이든 뭐든, 예쁜 포장 바로 밑에 죽은 유대인의 뼈, 피부와 살로 만들어진 부품과 튜브가 있다는 걸 너희는 언제나 기억해야 한다.

나오는 길에 더비가 다시 말했다. 뭐든 내기해도 좋다고, 일생 동안 노인은 결코 누구도 목 졸라 죽인 적이 없다고. 난 혼자 생각했다. 집에 이스라엘제 냉장고를 갖고 있는 건 운이 좋은 거라고. 왜 말썽을 자초하겠는가?

2주 뒤, 부모님이 해외여행에서 돌아오셔서 스니커즈 운동화를 사다주셨다. 그게 내가 원하는 거라는 걸 형이 몰래 엄마께 말씀드려, 세상에서 제일 좋은 운동화 한 켤레를 사다주셨다. 선물을 건네시며 엄마가 미소 지었다. 안에 뭐가 들어있는지 전혀 모를 거라고 확신하셨다. 하지만 봉투에서 아디다스 상표를 금방 알아봤다. 신발 상자를 꺼내며 고맙습니다라고 말했다. 상자는 직사각형이었는데 관 같아 보였다. 파란

줄 세 개, 옆에 아디다스ADIDAS 로고가 새겨진 두 개의 하얀 신발이 그 안에 있었다. 어떻게 생겼는지 알아보기 위해 상자를 열어 볼 필요도 없었다. "어서 신어 보렴." 엄마가 포장을 벗기셨다. "맞나 확인해 봐." 엄마는 내내 미소를 지으셨는데, 도대체 무슨 일이 벌어지고 있는지 전혀 모르고 계셨다. "독일에서 온 거에요, 아시죠." 엄마에게 말씀드리며, 엄마의 손을 꽉 쥐었다. "물론, 알고말고." 엄마가 미소 지었다. "아디다스가 세계 최고의 브랜드지." "할아버지도 독일에서 오셨지요." 엄마에게 힌트를 드리려고 노력했다. "할아버지는 폴란드 출신이란다." 엄마가 내 말을 고쳐주셨다. 잠시 슬퍼했지만, 즉시 극복하셨다. 한쪽 발에 신발을 신기시고는 끈을 묶기 시작하셨다. 계속 침묵했다. 할 수 있는 일이 없다는 걸 깨달았다. 엄마는 실마리도 잡지 못했다. 엄마는 볼히냐 저택에 가본 적이 없으셨다. 누구도 전에 그걸 설명해준 적이 없었다. 엄마에게 신발은 그저 신발이며 독일은 폴란드였다. 엄마가 신발을 신기시게 내버려두면서 한 마디도 못했다. 엄마에게 말씀해드려서 더 슬프게 할 이유가 없었다.

다시 한 번 엄마에게 감사를 하고 엄마의 볼에다 뽀뽀한 다음 공놀이하러 나가겠다고 말씀드렸다. "조심해라, 응?" 앞 방의 안락의자에서 웃으시며 아빠가 부르셨다. "밑창을 금방 닳아버리지 마라." 발을 덮고 있는 창백한 가죽을 다시 쳐다보았다. 쳐다보며 우리가 기억해야 한다고 군인을 목 조른 노인이 말했던 모든 걸 기억했다. 파란 아디다스 줄을 만지면서 판지 할아버지를 기억했다. "신발이 편하니?" 엄마가 물어보셨다. "물론 편하죠." 나대신 형이 대답했다. "싸구려 이스라엘제 운동화가 아니잖아요. 위대한 크루이프 선수가 신었던 것과 같은 운동환데요." 발끝으로 천천히 문 쪽을 향하며, 신발에다 될 수 있는 데로 무게를 적게 실으려고 노력했다. 아주 조심스럽게 몽키 공원으로 향했다. 바깥에서는 보로초프 동네 아이들이 세 팀을 짰다. 네덜란드, 아르헨티나 그리고 브라질. 네덜란드 팀에 선수가 한 명 필요해졌고, 그래서 나를 끼워주기로 합의했다. 보로초프 동네 출신이 아니면 결코 받아준 적이 없었는데도 말이다.

시합 초기에는 신발의 앞 끝으로 차지 않아야 한다는 걸 아직 기억하였는데, 할아버지를 아프게 하지 않기 위해서였다. 하지만 조금 지난 뒤 볼히냐 저택의 노인이 사람들이 잊어버리는 경향이 있다고 말한 것처럼 바로 그렇게 잊어버렸고, 역전골을 넣는 데에도 성공했다. 시합이 다 끝났을 때, 기억이 나서 신발을 쳐다보았다. 아주 갑자기 신발이 너무 편했고, 상자 안에 있을 때보다 훨씬 더 탄력이 있었다. "멋진 골이지요, 응?" 집에 오는 길에 할아버지를 기억했다. "골키퍼는 누가 때렸는지도 몰랐어요." 할아버지가 대답하지 않았지만, 발걸음으로 미루어보건 데 할아버지도 기쁘셨다는 걸 알 수 있었다.

키신저를 그리워하며

그녀가 말했다. 자길 정말로 사랑하지는 않는다고. 사랑한다고 말하지만, 사랑한다고 생각하지만, 아니라고. 사랑하지 않는다고 말하면서, 다른 사람을 위해 사랑한다고 결심하는 사람 얘길 들은 적 있는가? 금시초문이지만, 사실, 내가 자초한 일이다. 스컹크와 같이 잔다면, 애한테서 고약한 냄새가 날 때 울면 안 된다. 지금까지 육 개월 동안 날 미치게 만들고 있는데, 내가 정말 왔었는지 보려는 듯 성교 뒤 질 속에 손가락을 쑤셔 박는다. 야단치는 대신 그저 말했다. "괜찮아, 여보, 그저 좀 불안한 거지 뭐." 그런데 지금 그녀가 갈라서길 원한다. 자길 사랑하지 않는다고 결정했기 때문이란다. 뭐라고 말할 수 있을까? 바보같이 놀지 말라고 대가리 돌게 만들지 말라고 고함치면, 사랑하지 않는다는 증거로만 여겨지겠지. "사랑한다는 걸 증명하는 짓을 좀 해봐." 뭘 하길 원하는 걸까? 뭘? 그저 말해주기만 하면 될 텐데. 그치만 안 해 줄 거다. 왜냐면 정말로 사랑한다면 스스로 알아차릴 거니까. 힌트를 줄 준비는 되어 있다. 아니면 힌트가 아닌 걸 말해준다든지. 어떤 거든, 내가 선택할 수 있다. 그래서 아닌 걸 말해 달라고 했다. 이런 식이면 적어도 뭔가 알 수 있을 테니까. 힌트로 아무것도 이해하지 못할 건, 확실하다. "아닌 건 말이지, 눈을 후벼 파낸다든가 귀를 잘라낸다든가 네 몸을 절단 내는 것과 관계된 건 아냐. 왜냐면 그러면 사랑하는 사람을 다치게 하는 거고, 간접적으로 날 다치게 하는 것도 되니까." 사실, 그렇게 말했더라도 절대로 내 몸에 손대지 않았을 것이다. 어쨌든, 눈을 후벼 파내는 게 사랑하고 뭔 관계가 있나? 근데 그 뭔가가 뭐지? 말할 준비가 안됐고, 단지 아버지나 형이나 누나한테 그러는 것도 역시 좋지 않다. 포기해버리고 혼자 말했다. 소용없어, 어떤 것도 내게 소용없을 거야. 또는 그녀에게도 말이지. KKK 대회에서 치틀린(돼지곱창요리) 식사를 대접하겠다고 계속 주장한다면, 뼈가 부러진 채 깨어난다 해도 놀라지 말아야 한다. 근데 나중에, 성교하는데 내 눈을 뚫어지게 들여다 볼 때, 갑자기 깨달았다. 입 속에 다른 놈의 혀를 우겨넣지 못하게 하려고, 성교할 때 절대로 눈을 감지 않는다. 섬광처럼 생각이 떠올랐다. "어머니지?" 내가 물었는데, 대답하길 거부했다. "정말로 사랑한다면, 그러면 혼자 힘으로 알아내겠지." 질에서 회수한 손가락을 맛본 다음 무심코 불쑥 말했다. "근데 귀나 손가락이나 그딴 거 갖고 오지 마. 내가 원하는 건 심장이야, 알아들어? 심장."

버스를 두 번 타는 전 여정에 칼을 갖고 여행했다. 일 미터 반 길이의 칼, 두 자리를 차지했다. 칼 때문에 차표를 사야 했다. 그녈 위해 뭘 못해? 당신을 위해서라면 뭔들 못하겠어, 자기? 이슬람 순교자가 되려는 사람처럼 등에 칼을 메고 스탬퍼 거리를 전부 걸어 내려갔다. 내가 오는 걸 어머니는 알고 있었고, 그래서 음식이 준비돼 있었다. 지옥 같은 양념이 었는데, 그녀만 아는 비법 같은 거다. 입 다물고 먹었다. 나쁜 말 할 게 없었기 때문이다. 가시투성이 배를 먹고서, 치질 걸린걸 불평해선 안 된다. 어머니가 말했다. "근데 미리는 어떠니? 괜찮아, 귀여운 며느리? 여전히 투실한 손가락을 질 속에 쑤셔 박니?" "괜찮아요. 좋아요. 어머니 심장을 달래요. 아시다시피, 그래야 자길 사랑하는지 알 수 있데요." "바룩의 걸 갖고 가렴." 어머니가 웃었다. "결코 차이를 알아차리지 못할 게다." "제발, 어머니!" 안달이 나서 말했다. "우린 그런 거짓말 안 해요. 미리와 난 서로 정직해요." "알았다." 어머니가 한숨 쉬었다. "그럼 내 걸 갖다 주렴. 나 때문에 네가 싸우게 하고 싶진 않구나. 생각나서 하는 말인데, 널 사랑하는 어머니에게, 너도 조금은 사랑한다는 증거가 뭐냐?" 분노에 차서 미리의 심장을 식탁 위에 털썩 내려놓았다. 그들은 왜 날 믿지 못하는가? 그들은 왜 언제나 날 시험하는가? 이제 칼과 어머니의 심장을 갖고 버스를 두 번 타고 돌아가야 한다. 근데 아마 미리는 집에 없고, 전 남편에게 다시 되돌아갔을 거다. 누굴 비난하려는 게 아니다, 나 자신만 비난하는 거지.

　두 종류의 사람이 있다. 벽 옆에서 자고 싶어 하는 사람, 그리고 침대에서 밀쳐내는 사람 옆에서 자고 싶어 하는 사람.

라빈이 죽었다

라빈이 죽었다. 어제 밤에 그랬다. 사이드카 달린 스쿠터에 치었다. 라빈은 그 자리에서 죽었다. 스쿠터 탄 녀석은 정말 심하게 다쳐 기절해버렸고, 앰뷸런스에 실려 가버렸다. 라빈은 건드리지도 않았다. 그렇게도 죽어 있어 할 수 있는 일이 없었다. 그래서 나하고 타이란이 집어 올렸고 뒤뜰에다 묻었다. 그런 다음 울었는데, 타이란이 담뱃불을 붙이고 신경 거슬린다고 그만 울라고 말했다. 근데 난 안 그쳤고, 금방 타이란도 울기 시작했다. 라빈을 정말 많이 사랑했기 때문인데, 타이란이 훨씬 더 사랑했다. 그런 다음 타이란 네 집에 갔는데, 경찰이 현관 계단에서 타이란을 잡으려고 기다리고 있었다. 왜냐면 스쿠터 탄 녀석이 병원 의사한테 가서 빽빽거렸기 때문이다. 타이란이 쇠막대로 쳐서 자기 헬멧을 우그러뜨렸다고 말했다. 경찰이 왜 우냐고 타이란에게 물었다. "누가 운다고 그래, 이 씹할 파시스트 돼지야." 경찰이 타이란의 뺨을한 번 때렸다. 타이란의 아버지가 나와 경찰의 이름 같은 걸적어두려 했지만, 경찰이 말해주려고 하지 않았다. 오 분도안 돼 삼십 명쯤은 되는 동네사람이 거기 서 있었다. 경찰이진정하라고 말했지만, 너나 진정하라고 말했다. 한참 밀고 당겼는데, 누군가 두드려 맞을 것 같은 분위기였다. 결국 경찰이 떠났고, 타이란의 아버지가 우리 둘을 거실에 앉힌 다음스프라이트 사이다를 줬다. 무슨 일이 있었는지 말하는데, 경찰이 지원과 함께 돌아오기 전에 빨리 하라고 타이란에게 말했다. 그래서 쇠막대로 어느 놈을 때렸지만 그건 그놈이 자초한 거며, 그 녀석이 경찰한테 빽빽거렸다고 타이란이 말했다.정확히 뭘 자초했던 건지 타이란의 아빠가 물었다. 열 받았다는 걸 즉시 알 수 있었다. 그래서 먼저 시작한 건 스쿠터 탄녀석이라고 내가 말했다. 왜냐면 사이드카로 라빈을 치었고,그런 다음 욕했고, 그런 다음 와서 내 뺨을 때렸기 때문이다.타이란의 아빠가 사실이냐고 물었는데, 타이란이 대답하지않고 고개만 끄덕였다. 담배를 피우고 싶어 죽겠는 걸 알 수있었는데, 아버지 앞이라 담배 피우는 걸 두려워하고 있었다.

우린 라빈을 광장에서 발견했다. 버스에서 내리자마자 점찍었다. 그땐 그저 고양이 새끼였는데, 너무 추워서 달달 떨고 있었다. 나 그리고 타이란 그리고 거기서 만난 배꼽 악세사리 한 변두리 여자애, 우린 우유 얻으러 다녔다. 근데 에스프레소 커피바에선 주려고 하지 않았다. 햄버거 가게에 우유가 없었는데, 고기 파는 데고 코셔법유대교 율법을 따르니까, 낙농제품은 팔지 않는다. 결국 피셔먼 거리의 식료품점에서 우유 반 파인트와 빈 요구르트 컵을 줬다. 우유를 좀 따라주니 단번에 핥아 먹어버렸다. 근데 아비샥이, 악세사리한 여자애 이름인데, 샬롬이라고 불러야 한다고 말했다. 왜냐면 샬롬은 평화라는 뜻이고 라빈이 평화를 위해 죽은 바로 그 광장에서 발견했기 때문이다. 타이란이 고개 끄덕이며 그녀의 전화번호를 물었다. 타이란이 정말로 귀엽기는 하지만 남자친구가 군대에 있다고 말했다. 그녀가 떠난 뒤, 타이란이 고양이 새끼를 토닥이며 말했다. 우린 결코, 결단코 샬롬이라고 부르지 않을 건데, 왜냐면 샬롬은 나약한 이름이기 때문이다. 라빈이라고 부르자고 말했다. 계집년과 군대 남자친구가 별 지랄을 해도 관심 없는데, 예쁜 얼굴을 가졌는지 모르지만 몸매가 정말 별 볼 일 없기 때문이다.

타이란의 아빠는 타이란이 아직 미성년이라 운이 좋지만, 그렇다고 해도 이번에는 그렇게 좋지만은 않을 지도 모른다고 말했다. 왜냐면 쇠막대로 사람 치는 건 사탕 가게에서 껌 훔치는 것과 같지 않기 때문이다. 타이란이 여전히 아무 말도 하지 않았지만, 막 다시 울기 시작하려는 걸 알 수 있었다. 그래서 타이란의 아빠에게 모든 게 다 내 잘못이라고 말했다. 왜냐면 라빈이 치었을 때 타이란에게 소리친 게 나였기 때문이다. 스쿠터 탄 녀석이 처음에는 다소 점잖게 자기가 한 일에 대해 미안해 하는 척도 하면서 내가 뭐 때문에 소리 지르냐고 물었다. 고양이 이름이 라빈이었다고 말했을 때에만 그가 냉정을 잃고 내 뺨을 때렸다. 타이란이 자기 아빠에게 말했다. "우선, 그 빌어먹을 놈이 정지 신호에 정지하지 않았고, 그런 다음 우리 고양이를 쳤고, 결국에 가서는 시나이의 뺨을 때렸어요. 내가 뭘 하길 기대하세요? 그냥 가버리게 내버려 둬요?" 타이란의 아빠는 대답하지 않았다. 담배에 불을 붙이더니, 별 일 아니라는 듯 타이란의 담뱃불도 붙였다. 타이란이 말했다. 내가 할 수 있는 최선의 방법은 경찰이 돌아오기 전에 도망치는 건데, 그래야 적어도 우리 중 하나는 이 일에서 빠질 수 있다. 그만두라고 말했지만, 타이란의 아빠가 강요했다.

이층으로 올라가기 전 라빈의 무덤 앞에서 잠시 멈춰 서서 우리가 발견하지 않았더라면 어떤 일이 있었을까 생각했다.

그러면 라빈의 삶이 어떠 했을까에 대해서. 아마 얼어 죽었을지도 모르지만, 아마도 다른 사람이 발견해서 집에 데려갔으면 차에 치지는 않았을 텐데. 세상만사가 그저 운이다. 진짜 라빈조차 광장의 대규모 집회에서 모두 평화의 찬송을 부른 뒤, 계단을 내려가는 대신 조금 더 빈둥거렸다면, 여전히 살아있을 텐데. 대신 페레스를 쐈을 텐데. 적어도 이게 그들이 TV에서 했던 말이다. 그렇지 않다면, 광장의 계집애가 군대에 남자친구가 없어 타이란에게 전화번호를 줬고 라빈 샬롬이라고 불렀다면, 어쨌든 그래도 차에 치었겠지만, 그러면 적어도 누구도 두드려 맞지는 않았을 텐데.

장자의 재앙

유월 말, 개구리의 재앙 이후, 사람들이 떼 지어 계곡을 떠나기 시작했다. 여유 있는 사람은 재산관리인을 남겨두고 가족을 챙긴 다음 누비아로의 긴 여정에 올랐다. 헤브라이의 신의 진노가 가라앉고 저주가 다 끝날 때까지 누비아에서 기다릴 작정이었다. 어느 날 아침, 아버지가 나와 압두를 킹즈 하이웨이로 데리고 가셨는데, 멀리 호송 받으며 길 가는 모습을 말없이 함께 지켜보았다. 아버지가 집으로 향하려는 순간, 압두는 용기를 내어 내가 감히 입 밖에 내지 못했던 질문을 했다. "아버지, 왜 저 사람들과 같이 떠나지 않죠? 우리도 이 계곡에서 아주 부자잖아요. 땅을 돌봐줄 사람을 구하고 왜 떠나버리지 못하는 거죠?" 아버지가 부드럽게 미소 지으며, 압두를 보면서 말씀하셨다. "왜 도망가야 하지? 헤브라이의 신을 무서워하게 된 거니?" "사람도 신도 안 무서워요." 압두가 말 대꾸했다. "도전하는 사람은 누구든지 칼로 쳐부수겠어요! 근데 우리를 괴롭히는 재앙이 하늘에서 오거든요. 물리칠 적이 눈앞에 없거든요. 그런데도 왜 우리는 누비아로 떠나는 모두와 함께 하지 않는 거죠? 힘으로 대항하는 적이 없다면, 여기에 있는 우리의 존재가 파라오에게 아무 소용도 없지요." "네 말에 일 리가 있구나, 아들아." 대답하시는데 미소가 사라져가고 있었다. "헤브라이의 신은 정말 영리하시면서도 잔인하구나. 보이지 않는 데도 엄청난 타격을 입혔으니. 하지만 알아두어야 할 게 있는데 누비아로 가족을 보내는 걸 금지하는 맹세 때문에 아버지는 이 땅에 묶여 있단다." "맹세?" 압두가 깜짝 놀랐다. "무슨 맹세요?" "여러 해 전, 네가 태어나기도 전에 했던 맹세지." 미소가 되살아나고 있었다. 튜닉을 끌어 모으며 다리를 꼬고 바닥에 앉으셨다. "옆에 와서 앉거라." 땅을 두드리며 말씀하셨다. "이야기해주마."

나는 아버지의 왼쪽 그리고 압두는 오른쪽에 앉았다. 흙덩어리를 집어 손바닥에 부스러뜨리면서 이야기를 털어놓으셨다. "알다시피 나는 이 비옥한 땅 출신이 아니란다. 어머니와 결혼한 뒤 애석하게도 어머니를 삼촌 집에 남겨두고 형님과 머나먼 나라로 떠나야 했단다. 거기에선 검은 석유가 땅에 넘

쳐흘렀지. 사년 동안 유랑하고 살면서 이별의 아픔을 견뎠지. 그 세월 동안 상당한 재산을 축적했지. 그런 다음 이집트, 내 고향으로 돌아왔단다. 오랫동안 기다리던 사랑하는 어머니와 다시 합쳤고, 여기 이 계곡에 작은 땅을 샀단다. 우리 집의 건축을 완성하는 바로 그날, 두 가지 맹세를 했단다. 첫째, 결코 계곡을 떠나지 않으리라는 것, 둘째, 힘이 있다면 무슨 일을 해서라도 다시는 가족이 잠시라도 떨어지지 않게 하겠다는 것이었지." 손바닥에 붙어 있는 모래를 맛보시고는 똑바로 앉아 압두의 눈을 들여다보셨다. "아주 젊은 나이였지만 가족이 식물과 같다는 걸 알았단다. 뿌리가 들어 올려 지면 시들고, 뽑아서 내던져지면 죽어버리겠지. 건드리지 않고 내버려두면 흙 속에서 번창하여, 신과 바람을 모두 이겨낸단다. 흙을 견디니, 흙이 살아 있는 한 살아갈 것이란다."

아버지와 나눈 그런 대화가 우리를 낙담시키기는커녕 우리가 얼마나 강한지 깨닫게 해 주었다. 이제 우리도 그 힘의 비밀을 알았으니 열심히 지켜나갔다. 매번 새로운 재앙이 닥칠 때마다 오히려 더 강해졌고, 점점 더 똘똘 뭉쳤다. 이의 재앙이 내렸을 때 서로의 이를 잡아주는 법을 배웠고 친지의 상처를 돌보았다. 우박의 재앙이 있던 날 아침, 압두의 망연자실한 표정을 쳐다보며 실제로 웃을 수도 있었다. 방금 아주 깊은 잠에서 깨어났는데, 얼마나 깊었는지 헤브라이의 신이 내린 우박 소리도 압두를 꿈쩍하지 못했던 것이다. 그렇게 아홉 개의 재앙이 하나씩 하나씩 내려졌지만, 우리에게는 아무런 상처도 남기지 않았다. 그런데 그때, 팔월 말경, 장자의 재앙이 왔다.

한밤중 나를 흔들어 깨운 건 동네 사람의 비명 소리였다. 밖으로 달려 나가보니 이미 모두 거기에 나와 있었다. 압두를 제외하고는. 바로 길 건너 사는 사미라가 흐느끼며 겨우 자초지종을 설명하였다. 우리는 압두의 방으로 돌진했다. 아버지가 먼저 거기에 도착하셨고, 다음에 어머니와 나였다. 침대에 큰 대자로 압두가 누워 있었는데, 두 눈이 꼭 감겨 있었다. "내 아들아." 아버지가 억누른 목소리로 속삭이셨고, 얼굴이 잿빛이셨다. "내 장자야." 내 인생에서 최초로, 아버지의 눈물을 보았다. 내 눈에도 눈물이 고이기 시작하였는데, 형 때문이라기보다 아버지의 비탄에 대한 고뇌 때문이었다. 눈물 사이로 내 슬픔을 보시고, 튜닉 자락으로 눈을 닦고 어머니와 나를 끌어 안으셨다. 아버지의 힘 있는 팔이 우리를 포옹했고, 우리의 얼굴이 한데 모였다. 눈물이 섞이고, 우리는 하나가 되어 울었다. "헤브라이의 신은 잔인하시다." 압두의 안식을 방해할까 두려우신 듯 속삭이기 시작하셨다. "그러나 그는 우리를 패배시키지 못할 것이다."

"죽지 않은 것일 수도 있지 않을까요?" 어머니가 중얼거리
셨다. "그저 자고 있는 것일 수도." "파트마, 제발." 아버지가
속삭이시며 어머니의 이마에 가볍게 입을 맞추셨다. "이제
와서 망상의 가능성을 남기지 마. 헤브라이의 신에 관해 많은
이야기가 있었지만, 그는 결코 누구도 선호한 적이 없었
어……" 어머니가 소리치셨다. "죽지 않았어요." "죽었을 리
가 없어요. 자고 있어요. 그냥 자고 있는 거예요." 어머니가
포옹의 요새를 부수고 압두의 침대로 돌진하셨다. 압두의 가
운을 잡아당기시며 소리치셨다. "애야, 일어나." "잠 깨!" 압
두가 눈을 뜨고, 놀라서 침대에서 뛰어내려왔다. "무슨 일이
야?" 멍한 상태로 물어보았다. "애야, 기적이구나." 어머니가
압두를 끌어안으시며 아버지를 응시하셨다. "엄청난 기적이
일어났네요."

압두는 여전히 멍한 상태인데, 어머니가 압두를 놓아주시
고 아버지에게 다가가셨다. 방구석에 서서 땅바닥을 내려다
보고 계셨다. "방금 무슨 일이 일어났는지 보셨어요?" 어머
니가 속삭이셨다. "엄청난 기적이에요! 헤브라이의 신이 우
리와 우리의 아들을 불쌍히 여기셨네요." 아버지가 똑바로
정면을 뚫어지게 바라보셨다. 고통이 잘 숨기지 못하시는 분

노로 바뀌었다. "헤브라이의 신은 동정이나 연민을 갖고 있지 않아." 아버지가 노발대발 하셨다. "오직 진실, 오직 진실 뿐이지." 핏발 선 눈이 두 개의 우박 덩어리와 같았는데, 아버지의 시선이 열 개의 재앙을 모두 합친 것보다 더 무서웠다. 어머니가 질문하셨다. "당신 왜 화가 났어요? 왜 기뻐하지 않으세요? 우리의 압두가 살아있는데……" "왜냐하면 압두는 당신의 장자가 아니니까." 아버지가 어머니의 말을 중간에서 자르셨다. 마치 어머니를 치시려는 것처럼 손을 들어 올리셨지만, 중간에서 얼어붙었다. 어머니는 아버지의 발밑에 쓰러져 보이지 않는 타격을 맞은 사람처럼 흐느낌을 감추지 않으셨다. 그래서 그렇게 우리 넷은 서 있었는데, 동작도 없이, 가만히, 고정된 채, 마치 히말라야 삼나무가 베어 넘어지기 직전처럼. "헤브라이의 신은 정말 잔인하시구나." 아버지가 말씀하셨다. 그런 다음 발걸음을 돌려서 방을 떠나가셨다.

사이렌

유대인 대학살 기념일에 집회가 강당에서 있었다. 가설무대가 세워지고 뒤에 있는 벽에 강제수용소들의 이름들과 철조망 울타리들의 사진들을 붙여놓았다. 우리가 열 지어 들어가는데 셀리가 자리를 맡아달라고 요구해서 내가 두 자리를 잡았다. 그녀가 내 옆에 앉았는데 벤치에 사람이 약간 많았다. 내 무릎에 팔꿈치를 대고 손등으로 그녀의 청바지를 털었다. 건드리니 얇고 좋았다. 마치 그녀의 몸을 건드리는 것 같은 느낌이었다.

"미키는 어디 있어?" 내가 물었다. "오늘 그를 본 적이 없어." 내 목소리가 약간 흔들렸다.

"그는 해군 특전대 시험을 보고 있는 중이야." 셀리가 자랑스럽게 대답했다. "그는 모든 단계들을 이미 다 통과했어. 그저 인터뷰만 한 번 더 하면 돼."

홀의 반대쪽에서 론이 통로를 따라 우리 쪽으로 내려오는 게 보였다. 셀리가 계속했다. "그가 졸업 파티에서 우등상을 받게 된다는 소식을 들었지? 교장 선생님이 이미 공표했어."

"셀리." 우리에게 다가온 론이 불렀다. "여기서 무얼 하니? 벤치는 편하지 않아. 자, 너를 위해 뒤에 좌석을 마련했어."

"좋아." 셀리가 말했다. 내게 사과하는 미소를 지으며 일어섰다. "여기는 정말로 사람이 많아."

그녀는 뒤에서 론과 앉기 위해 갔다. 론은 미키의 절친한 친구이며, 그들은 학교 농구팀에서 같이 경기한다. 나는 무대를 보고 깊은 숨을 쉬었다. 내 손에서는 여전히 땀이 났다. 9학년들 몇 명이 무대로 올라갔고 의식이 시작되었다.

모든 학생들이 늘 하던 텍스트를 종알거렸을 때, 적갈색 스웨터를 입은 늙어 보이는 노인이 무대에 올라가 아우슈비츠에 관해 이야기했다. 그는 한 아이의 아버지였다. 그는 길게 이야기하지 않았는데, 그저 15분 정도였다. 그 뒤에 우리는 교실로 돌아갔다. 우리가 밖으로 나오는데, 우리의 잡역부 슐렘이 간호실 옆 계단에 앉아서 울고 있는 걸 보았다.

"안녕, 슐렘, 무슨 일이에요?" 내가 물었다.

그가 말했다 "홀에 있던 저 남자. 나는 그를 알아. 나도 손

더코만도에 있었어."

내가 물었다. "당신도 특전대에 있었어요? 언제요?" 빼빼 마르고 늙은 숄렘이 어떤 종류든 특전사 부대에 있는 걸 상상할 수 없었지만, 결코 알 수 없는 일이다.

숄렘은 손등으로 눈을 닦고는 일어섰다. 그가 말했다. "신경 쓰지 마. 가, 교실로 돌아가. 문제없어."

오후에 쇼핑센터로 내려갔다. (조미한 야채를 넣어 납작하게 말아서 만든 빵인) 펠라펠 판매대에서 베니와 조시를 만났다. 조시가 입 안 가득 펠라펠을 넣고서 말했다. "짐작 해봐. 미키가 오늘 인터뷰를 통과했어. 그런 다음 약간의 오리엔테이션 과정을 밟으면 해군 특전대원이야. 그게 뭘 의미하는지 알아? 그들은 엄선되었는데……"

베니가 욕지거리를 하기 시작했다. 그의 (지중해나 중동 지방의 납작한 빵인) 피타가 쪼개져 열리고 샐러드의 온갖 내용물과 국물이 그의 손으로 뚝뚝 떨어지고 있었다. "방금 농구장에서 그를 보았어. 론과 그가 맥주 등 온갖 것으로 축하를 하고 있었어."

조시가 낄낄대다가 목이 막혔다. 토마토와 피타가 그의 입에서 날아 나왔다. "그들이 작은 아이들처럼 숄렘의 자전거를 재미삼아 타는 걸 보았어야 했는데. 미키는 인터뷰를 통과

해서 아주 기분이 좋아졌어. 내 형이 말하기를 대부분의 후보자들을 인터뷰에서 탈락시킨데."

걸어서 학교로 건너갔지만 거기에 아무도 없었다. 간호실 옆에 있는 난간에 언제나 체인으로 묶여 있었던 숄렘의 자전거가 없어졌다. 계단에는 체인과 맹꽁이자물쇠가 있었다. 다음날 아침 학교에 갔을 때, 자전거는 여전히 거기에 없었다. 나는 모든 사람이 교실에 들어오기를 기다렸다. 그런 다음 교장 선생님에게 말하러 갔다. 그는 내가 옳은 일을 했다고 말했고, 누구도 우리의 이야기를 모른다고 말했다. 그는 비서에게 지각 허용권을 주라고 지시했다. 그날이나 그 다음 날 아무 일도 일어나지 않았다. 그러나 목요일 교장 선생님이 제복을 입은 경찰관과 우리 교실로 들어 왔고 미키와 론에게 밖으로 나오라고 요구했다.

경찰은 그들에게 어떤 짓도 하지 않고, 그저 경고를 했다. 어딘 가에다 그저 집어던졌기 때문에 그들은 자전거를 돌려줄 수가 없었다. 그러나 미키의 아버지가 특별히 학교에 왔고 숄렘에게 새로운 산악용 자전거를 사주었다. 처음에는 숄렘이 받기를 원하지 않았다. "걷는 게 더 건강해요." 그가 미키의 아빠에게 말했다. 그러나 미키의 아빠가 강요를 했고, 그리고 결국 숄렘이 자전거를 받았다. 숄렘이 산악용 자전거를 타는 걸 보는 건 재미있었다. 나는 교장 선생님이 옳았고 내가 옳은 일을 했다는 걸 알았다. 누구도 내가 그런 말을 했다는 걸 의심하지 않았고, 적어도 그건 그때 내가 생각했던 것이었다. 다음 이틀은 평범하게 지나갔다. 그러나 월요일 학교에 갔을 때 셸리가 마당에서 나를 기다리고 있었다. 그녀가 말했다. "들어봐, 엘리. 미키가 네가 자전거에 관해서 고자질했던 사람이라는 걸 알아냈어. 그가 오기 전에 여기서 나가야만 해. 그리고 론이 너를 잡을 거야."

나는 두려움을 감추려고 노력했다. 내가 겁났다는 걸 셸리가 알기를 원하지 않았다.

"빨리. 도망쳐." 그녀가 말했다.

나는 걸어서 가버리기 시작했다.

"아니. 그곳을 지나가지 마." 그녀가 내 팔을 잡아당기며 말했다. 그녀의 손길은 시원하고 기분이 좋았다. "그들은 정문으로 들어올 거야. 그러니 헛간 뒤의 울타리에 있는 구멍으로 가는 게 좋을 거야."

내가 겁났다기보다 훨씬 더, 걱정해주는 사람이 셸리라는 게 기뻤다.

미키는 헛간 뒤에서 기다리고 있었다. "생각도 하지 마." 그가 말했다. "네겐 기회가 없어."

나는 몸을 돌렸다. 론이 내 뒤에 서 있었다.

"네가 벌레라는 건 언제나 알고 있었어." 미키가 말했다. "네가 쥐새끼인 줄은 결코 생각하지 못했어."

"왜 우리를 밀고했어, 똥 덩어리야?" 론이 말하고 나를 강하게 밀어 붙였다. 나는 비틀거리며 미키에게로 갔는데, 그가 나를 밀어버렸다.

"그가 왜 밀고했는지 내가 말해주지." 미키가 말했다. "왜냐하면 우리 엘리는 지독하게 질투하고 있거든. 그가 나를 보고는 내가 그보다 더 좋은 학생이고, 더 나은 운동선수이고, 학교에서 가장 예쁜 여자를 여자친구로 갖고 있다는 걸 보거든. 반면에 그는 아직도 불쌍한 총각이고 그게 그를 약하게 하지."

미키가 가죽점퍼를 벗어서 론에게 건넸다. "좋아, 엘리, 네가 그런 짓을 했어. 네가 나를 골탕 먹였어." 그가 말하며, 운전사 시계의 가죽 끈을 풀어서 그걸 주머니에 넣었다. "내 아빠는 내가 도둑놈이라고 생각하고, 경찰은 거의 고발할 지경이었어. 나는 우등상을 받지 못할 거야. 이제 행복해?"

그게 아니었다고 그에게 말하고 싶었다. 그건 또한 특전대에 있었던 슐렘 때문이었다. 그가 유대인 대학살 기념일에 아기처럼 울었기 때문이었다. 그 대신 내가 말했다. "너는 그의 자전거를 훔치지 말았어야 했어. 그건 말이 안 돼. 네겐 명예심이 없어." 말하는데 내 목소리가 떨렸다.

"저 말 들었지, 론. 이 징징거리는 쥐새끼가 우리에게 명예에 관해서 말하고 있네. 명예는 친구를 고발하지 않는 거야, 똥 쌀 놈아." 그가 주먹을 쥐면서 말했다. "이제 론과 내가 명예에 관해서 너에게 전부 가르쳐주지. 괴로운 방법으로 말이지."

나는 그곳에서 가버리고 싶었다. 도망치고 손을 들어 얼굴을 막고 싶었다. 그러나 두려움 때문에 몸이 마비되었다. 그런데 갑자기 어디선가 난데없이 기념일 사이렌이 울부짖었다. 전몰장병 기념일이었다는 걸 완전히 잊고 있었다. 미키와 론이 차려 자세를 취했다. 나는 진열장의 마네킹처럼 저기에 서 있는 그들을 보았다. 갑자기 나는 더 이상 두렵지 않았다. 눈을 감고 미키의 점퍼를 잡고 경직되게 차려 자세를 하고 서 있는 론이 특대형 코드 걸이처럼 보였다. 그리고 무시무시한 표정에 주먹을 쥐고 있는 미키가 갑자기 액션 무비에서 보았던 포즈를 흉내 내고 있는 작은 소년 같아 보였다. 나는 울타리에 있는 구멍을 걸어서 천천히 그리고 조용히 지나갔다. 그동안 내 뒤에서 미키가 "우리가 계속해서 너를 괴롭힐 거야."라며 씩씩거리는 걸 들었지만 그는 움직이지 않았다. 나는 밀랍 인형 같아 보이는 모든 얼어붙은 사람들이 있는 길거리들을 가로질러 집으로 계속 걸어갔다. 사이렌 소리가 보이지 않는 방패로 나를 보호해주고 있었다.

좋은 의도

두툼한 봉투가 우편함에서 기다리고 있었다. 열고 돈을 셌다. 전부 다 있었다. 표적의 이름이 쓰인 종이쪽지, 여권 사진 그리고 그를 찾을 수 있는 장소도. 욕이 터져 나왔다. 왜 그랬는지 모르겠다. 난 프로고 모름지기 프로가 그래선 안 되지만, 그저 터져 나왔다. 아니다. 이름을 읽을 필요가 없었고, 사진 속의 인물을 알아보았다. 그레이스. 페트릭 그레이스. 노벨 평화상 수상자. 좋은 사람. 내가 알았던 유일한 좋은 사람. 좋은 사람을 말하자면, 아마 세상에 그와 필적할 만한 사람이 없을 것이다.

페트릭 그레이스를 단 한 번 만난 적 있을 뿐이다. 아틀랜타의 고아원이었다. 동물처럼 우리를 취급했다. 일 년 내내 쓰레기 속에서 뒹굴었지만, 제대로 먹이지도 않았다. 게다가 입만 뻥긋하면, 혁대 맛을 보게 했다. 대개 귀찮으니까 버클도 풀지 않고 혁대로 때렸다. 그레이스가 왔을 때, 확실하게 깨끗이 하라고 시켰다. 우리들과 소위 고아원이라고 부르는 뚱퉁을. 그레이스가 들어오기 전, 원장이 면담 요령을 말해줬다. 쓸데없이 수다 떠는 놈은 나중에 대가를 지불할 것이다. 이미 모두 원장의 약발을 받은 적이 있어서, 원장이 진심이라고 말하는 뜻을 충분히 이해할 수 있었다. 그레이스가 방에 들어왔을 때, 우린 쥐새끼처럼 조용했다. 우리와 이야기해보려고 했지만, 정말로 대답하지는 못했다. 각자 선물을 받고, 고맙다고 말하고는 서둘러 침대로 돌아갔다. 난 다트 판을 받았다. 고맙다고 말했을 때, 내 얼굴 쪽으로 손을 뻗었다. 움츠렸다. 날 때릴 거라고 생각했다. 그레이스가 손으로 머리를 살며시 쓰다듬었다. 그리고 말없이 내 셔츠를 올렸다. 그 당시 꽤 나불거렸는데, 내 등을 보고 그레이스가 그 점을 알아차렸을 것이다. 처음에는 아무 말도 하지 않았다. 그런 다음 몇 번 제기랄이라고 말했다. 마침내, 셔츠를 놓아주고는 날 끌어안았다. 안고 있는 동안, 누구도 다시는 날 때리지 못할 것이라고 약속했다. 말할 필요도 없이, 그를 믿지 않았다. 별다른 이유도 없이 사람들이 그저 친절하게 굴지는 않는다. 뭔가 속임수임에 틀림없다고 여겼다. 언제라도 혁대를 풀어 혁대 맛을 보게 할 것이리라. 날 끌어안고 있는 동안 내내 그저 그가 가버리기만 바랐다. 그가 갔다. 그런데 그날 저녁 원장과 직원 전부가 바뀌었다. 그때 이후 계속, 누구도 다시는 날 때리지 않았는데, 잭슨빌에서 없애버린 검둥이만 예외다. 공익을 위해 그 일을 했다. 그때 이래로 누구도 내게 손가락 하나 까딱하지 않았다.

페트릭 그레이스를 결코 다시 보지 못했다. 그치만 그에 관한 신문 기사를 많이 읽었다. 거의 모든 사람을 도왔는데, 온갖 선행을 했다. 그는 좋은 사람이었다. 어디에도 더 좋은 사람은 없을 것이라고 짐작한다. 이 더러운 세상 전부를 통틀어 내가 신세를 진 유일한 사람. 그런데 두 시간이면 그를 만나기로 돼 있다. 두 시간이면 그의 머리에 총알을 박아 넣기로 돼 있다.

난 서른하나다. 시작한 이래 스물아홉 건의 계약이 있었다. 그중 스물여섯 건은 한 번에 끝냈다. 결코 죽이는 사람들을 이해하려고 노력하지 않는다. 결코 왜인지 이해하려고 노력하지 않는다. 사업은 사업이고, 내가 말한 것처럼, 난 프로다. 좋은 평판을 갖고 있는데, 나 같은 프로에게 좋은 평판은 아주 중요하다. 정확히 말해 신문에 광고 낸다거나 정상적인 신용카드 가진 사람에게 할인 요금을 제공하지도 못한다. 사업을 유지하는 단 한 가지는 임무를 완수하는데 자신에게 의존할 수 있다는 걸 사람들이 아는 것이다. 계약에서 물러서지 않는 것이 내 신조였던 이유다. 기록을 살펴보면 만족한 고객만 발견할 것이다. 만족한 고객과 뻣뻣한 고객.

　방을 임대했는데, 거리를 마주 보는, 카페 바로 정면이었다. 주인에게 나머지 소지품이 월요일 날 도착할 거라고 말하고 두 달치 방값을 선금으로 냈다. 그가 도착하리라고 여겨지는 시간까지 보낼 시간이 삼십분이다. 총을 조립하고 적외선 가늠쇠를 영점 조준했다. 이십육 분만 남았다. 담뱃불을 붙였다. 아무것도 생각하지 않으려고 노력했다. 담배를 끝내고 남은 걸 손가락으로 방구석에 탁 튕겼다. 누가 그런 사람을 죽이길 원하지? 짐승이나 완벽한 사이코뿐이겠지. 그레이스를 안다. 내가 그저 어린애였을 때 날 안아주었다. 그치만 사업은 사업이지. 일단 감정이 개입되면 끝장이다. 구석의 카펫에서 연기가 나기 시작했다. 침대에서 일어나 꽁초를 밟았다. 이제 십팔 분. 십팔 분이면 모든 게 끝난다. 미식축구에 관해서, 댄 마리노에 관해서, 차 앞좌석에서 입으로 날 즐겁게 해줬던 사십이 번가의 창녀에 관해서 생각하려고 노력했다. 아무것도 생각하지 않으려고 노력했다.

　그가 정시에 도착했다. 특유의 튀는 듯한 발걸음과 어깨까지 늘어진 머리로 뒤에서도 그를 알아보았다. 밖에 있는 테이블에 자리 잡았는데, 빛이 가장 잘 비치는 지점인데다, 날 정면으로 마주 보았다. 각도가 완벽했다. 중간 정도의 거리. 눈 가리고도 이런 사격은 할 수 있다. 빨간 점이 옆머리를 비추는데, 약간 너무 왼쪽으로 치우친다. 정중앙이 될 때까지 오른쪽으로 조정하고는 숨을 죽였다.

모든 걸 다 준비한 바로 그 순간, 노인네 하나가 주변을 배회했다. 가방 두 개에 지상의 전 재산을 갖고 다니는 전형적인 노숙자였다. 도시는 그런 사람들로 가득하다. 카페 바로 밖에서, 손잡이 하나가 끊어졌다. 가방이 땅바닥으로 떨어지며 온갖 잡동사니가 흘러나오기 시작했다. 그레이스의 몸이 순간적으로 뻣뻣해지는 걸 보았는데, 입 가장자리의 경련 같은 거였다. 곧바로 일어나서 도왔다. 인도에 무릎을 꿇고, 신문과 빈 깡통을 그러모아 가방에 도로 넣었다. 가늠쇠가 그에게 고정되어 있었다. 그의 얼굴은 이제 내 거다. 가늠쇠의 빨간 점이 형광을 발하는 인도 카스트 계급의 표시처럼 이마 가운데에서 떠돌고 있었다. 저 얼굴은 내 거다. 노인네에게 미소 지을 때, 얼굴이 빛났다. 교회 벽에 있는 그림 속의 성자처럼.

가늠쇠로 들여다보는 걸 중단하고 손가락을 잘 살펴봤다.

방아쇠울 위에서 떠돌고 있었다. 곧게 뻗쳐 있는데, 거의 얼어붙어 있었다. 방아쇠울 안으로 들어가지 않을 것이다. 자신을 속여봐야 소용 없다. 단지 안될 것이다. 안전핀을 엄지로 올리고 놀이쇠를 풀었다. 총알이 탄실에서 미끄러져 나왔다.

케이스에 총을 넣고 아래 카페로 향했다. 더 이상 총이 아니라, 정말로, 그저 다섯 개의 해롭지 않은 부품이다. 그레이스의 테이블에 앉아 그를 마주하고는 커피를 주문했다. 즉시 날 알아보았다. 지난 번 보았을 때, 난 열한 살의 어린애였지만, 기억하는 데 어려움이 없었다. 내 이름조차 기억하고 있었다. 돈이 든 봉투를 테이블에 놓고 누군가 그를 죽이라고 날 고용했다고 말했다. 냉정하게 굴려고 노력했다. 임무 완수를 결코 고려해 본 적조차 없는 것처럼 보이려고. 그레이스가 미소 지으며 알고 있다고 말했다. 자기가 봉투에 돈을 보낸 사람이며, 죽고 싶어 한다고. 그의 대답이 경계를 풀게 만들었다는 걸 인정해야 한다. 말을 더듬거렸다. 왜냐고 물었다. 악성 질병에 걸렸어요? "질병이라고?" 그가 웃었다. "그렇게 말할 거라고 짐작했지." 입 가장자리에 그 작은 경련이 다시 일었는데, 내가 창문을 통해서 본 거였다. 그가 말하기 시작했다. "어린애였을 때부터 이 질병을 갖고 있었지. 증상이 뚜렷하지만, 아무도 치료하려고 하지 않았지. 다른 애에게 장난

감을 주고, 결코 거짓말을 안 하고, 결코 훔치지도 않았지. 결코 학교 싸움에서도 맞받아치려고 하지 않았어. 언제나 어김없이 다른 뺨을 내밀었지. 세월이 갈수록 강박적 선행은 그저 악화되어 갔지만, 누구도 어떻게 해보려고 하지 않았어. 말하자면, 강박적 악한이었다면 정신병원이나 뭐 그런 데로 즉시 데려 가버렸겠지. 중지시키려 했겠지. 하지만 착하다면? 기쁨의 외침과 몇 마디 찬사의 대가로 필요한 걸 계속 얻을 수 있다는 게 이 사회의 사람들 마음에 들겠지. 그래서 난 그저 점점 더 나빠졌던 거지. 한 번 씹을 때마다 더 배고픈 누군가를 발견하지 않고는 식사를 끝낼 수도 없는 지경에까지 이르렀지. 게다가 밤이면, 잠들 수가 없었어. 뉴욕에 살고 있는데 집에서 육십 피트 떨어져 있는 공원 벤치에서 사람들이 떨고 있을 때 어떻게 잠자겠다는 생각조차 할 수 있겠어?"

입 가장자리에 경련이 돌아왔고 몸 전체를 떨고 있었다. "이런 식으로 계속할 순 없어, 잠도, 음식도, 사랑도 없이 말이야. 그렇게도 많은 고난이 주변에 있는데, 도대체 누구와 사랑할 시간이 있겠어? 악몽이지. 내 관점에서 보려고 노력해봐. 이런 식이 되라고 결코 요구한 적이 없었어. 마치 악령 같아. 악령에 사로잡힌 대신 천사가 달라붙어 있다는 점만 제외한다면 말이지. 제기랄. 악마였다면, 오래 전에 날 처단하려고 노력했을 텐데. 하지만 이건?" 한숨을 짧게 내쉬더니 눈을 감았다. "들어봐." 그가 계속했다. "이 돈 모두, 가져가서 어딘가 발코니나 지붕 위에 자리 잡고는 끝내버려. 결국 내 손으론 할 수 없거든. 게다가 매일 더 힘들어져. 너한테 돈 보내는 것조차, 이런 대화를 하는 것조차 말이지." 그가 이마를 문질렀다. "힘들어. 내겐 너무 힘들어. 다시 하는 데 필요한 걸 갖고 있을 런지 확신이 안 서. 제발, 그저 어느 지붕에 자리를 잡고 해치워. 너한테 사정하고 있잖니." 그를 쳐다보았다. 그의 고문받는 얼굴을, 십자가의 예수처럼, 예수랑 똑같이. 암 말도 하지 않았다. 뭐라 말해야 할 지 몰랐다. 난 언제나 정확한 문장으로 무장하고 있다. 고해 신부에게든, 술집 창녀에게든 아니면 연방수사관에게든 간에 말이다. 하지만 그와 함께라면? 그와 함께 있으면, 다시 고아원에 있던 겁먹은 작은 애가 되어, 예측하지 못한 모든 움직임에 움츠려든다. 게다가 그는 좋은 사람이다, '가장' 좋은 사람의 전형이다. 결코 그를 죽여버릴 수 없다. 노력해봐야 소용없다. 단지 내 손가락이 방아쇠를 감싸 쥐려 하지 않을 것이다.

"미안해요, 그레이스 씨." 한참 뒤 속삭였다. "난 단지……"

"단지 죽일 수 없다." 그가 미소 지었다. "알았어. 알다시피, 네가 처음이 아니야. 너 전에, 다른 두 녀석도 봉투를 돌려줬지. 내 짐작엔 이것도 저주의 일부 같아. 단지, 너, 고아원 그리고 모든 게……" 어깨를 으쓱했다. "게다가 매일 점점 약해져. 어떻든 네가 내 호의에 보답하길 바랐는데."

"미안해요, 그레이스 씨." 내가 속삭였다. 눈에 눈물이 고였다. "할 수 있으면 좋겠지만……"

"언짢게 생각하지 마." 그가 말했다. "이해해. 잘못한 거 없어. 내버려둬." 내가 계산서를 집는 것을 보고서 그가 낄낄거렸다. "커피는 내가 사지. 내가 사야해. 알다시피, 내가 사야만 해. 질병 같은 거지 뭐." 꾸겨진 지폐를 주머니에 도로 넣었다. 그런 다음 그에게 감사하고 걸어 나왔다. 몇 걸음 걸어간 뒤, 그가 날 불렀다. 총을 잊고 있었다.

총을 집으러 다시 돌아가니, 조용히 내 자신에게 욕이 터져 나왔다. 풋내기 같은 기분이었다.

삼일 뒤, 댈러스에서, 어떤 상원의원을 쐈다. 까다로운 거였다. 이백 야드 떨어진 곳에서, 시야가 반인데, 옆바람이었다. 바닥에 쓰러지기 전에 그는 죽어 있었다.

캣젠스테인

　지옥에서, 끓는 물 가마솥에 날 넣었다. 살이 그을리고 탔는데, 피부에 온통 물집이 덮히고, 고통이 너무 심해 비명을 그칠 수 없었다. 거대한 스크린이 있어, 천국에서 벌어지는 걸 모두 볼 수 있었다. 고통 받으면서 애타게 그리워하라, 스크린을 쳐다보면서 고통 받아라. 거기서 그를 잠깐 알아본 것 같은데, 골프나 크리켓 같은 걸 하고 있었다. 그의 미소가 클로즈업되는 것 같더니만 금방 남녀가 성교하는 걸 보여줬다.

　언젠가 성교를 한 뒤, 아내가 말했다. "칠년 동안 일했잖아, 노예처럼 말야, 주말이면 일거리를 집에 싸들고 왔잖아, 근데 지금, 올라갈 때가 됐는데, 승진을 안 시켜 주잖아. 왠지 알아? 자신을 파는 방법을 몰라서 그래. 그게 이유야. 캣젠스테인을 모범으로 삼아." 캣젠스테인을 모범으로 삼았다. 내 인생 전부 캣젠스테인을 모범으로 삼아 왔다. 샤워하고 싶었지만, 뜨거운 물이 없었다. 온수기가 고장 났다. 대신 찬 물로 했다. 물론, 캣젠스테인은 태양열 히터를 갖고 있다.

고등학교 때, 우등생반에 들어가지 못했다. 어머니에겐 정말로 큰 사건이었다. 눈이 붓도록 우시면서 결코 잘 되지 못할 거라고 말씀하셨다. 들어가기가 얼마나 힘든지 말하려고 노력했다. 겨우 십 퍼센트만, 정말로 똑똑한 애들만 들어간다고. "오늘 식료품점에서 미리엄 캣젠스테인을 만났다." 엄마가 한숨을 쉬었다. "아들이 들어갔다더구나. 미리엄 캣젠스테인의 아들이 너보다 똑똑한 거냐? 절대로 안 돼지! 그저 좀 더 노력한 거야. 근데 넌, 날 속 썩이려고 별 짓을 다하는구나. 내가 제명에 못 죽지."

어딜 가든 나하고 비교되려고 언제나 거기에 와 있었다. 교실에서, 동네에서, 뜰에서, 일터에서, 모든 곳에서. 캣젠스테인, 캣젠스테인, 캣젠스테인, 캣젠스테인. 신동이나 뭐 그런 건 아니었다. 평범한 녀석이고, 천재도 아니고, 위대한 운동선수도 아니면서 아주 똑똑한 것도 아니었다. 그저 나랑 비슷한데, 그저 아주 조금 더 나은 정도였다. 여기서 아주 조금 그리고 저기서 아주 조금 그리고 또 다른 곳에서 아주 조금…… 제기랄.

직장을 그만 두겠다는 건 내 생각이었다. 그것 때문에 아내와 많이 싸웠지만, 결국 아내가 단념했다. 다른 도시로, 아주 멀리 이사했고 보험판매원으로 일하기 시작했다. 꽤 잘 나갔다. 한 칠년 동안 그를 못 만났다. 만사가 내 뜻대로였다. 아들이 태어났다. 스위스에 있는 할아버지가 돌아가시며 많은 재산을 남기셨다. 바젤에서 돌아오는 비행기 저쪽에, 일등석에 앉아 있는 그를 봤다. 그를 알아봤을 때는 이미 너무 늦었다. 비행기가 활주로를 달려 내려가고 있었고, 아주 긴 다섯 시간 동안 비행기 속에 있어야 한다는 걸 알았다. 내 옆에 수다를 그치지 않는 랍비가 있었지만, 한 마디도 제대로 들리지 않았다. 다섯 시간 내내, 내 눈은 캣젠스테인의 뒤통수에 늘러 붙어 있었다. "자네가 영위하는 공허한 인생을 한 번 잘 살펴보란 말야. 자네는 인간의 껍데기야, 아무런 값어치도 없어." 설교에 성경 구절을 마구 들먹이며 랍비가 내 죄를 비추는 거울을 들이대고 있었다. 오렌지 주스를 마셨다. 캣젠스테인은 잭 대니엘을 주문했다. "예를 들어 보자 말야……" 랍비가 말했다. 고맙지만 사양이오. 벌떡 일어나 비행기의 뒤쪽으로 돌진했다. 승무원이 좌석에 돌아가라고 요구했다. 그러고 싶지 않았다.

"금방 착륙하려고 하거든요, 손님. 좌석에 돌아가셔서 안전

벨트를 매시라고 권유합니다. 다른……" 사실, 그녀가 계속해서 "다른 모든 승객들처럼"이라고 말했지만, 그녀의 눈 속에서 내가 본 건 캣젠스테인이었다. 레버를 밑으로 눌러 내리고 어깨로 문을 강제로 열었다. 온갖 지옥을 내 뒤에 남겨두고, 밖으로 빨려나갈 때 난 완벽하게 침착했다.

자살은 사후세계에서도 여전히 지독한 죄로 여겨진다. 이해하려고 노력 좀 하라고 애걸했지만, 들으려 하지 않았다. 날 지옥으로 끌고 갈 때, 캣젠스테인이 있었다. 캣젠스테인과 다른 승객들, 천국으로 데리고 가는 관광버스의 유리창으로 내게 손을 흔들고 있었다. 땅에 처박혀서 비행기가 박살났는데, 내가 탈출하고 약 십오 분 지난 뒤였다. 아주 드문 고장이었다. 백만분의 일 정도로. 단 몇 초만 더 좌석에 붙어 있었더라면, 다른 모든 승객들처럼. 캣젠스테인처럼.

알론 셰미쉬의
불가사의한 실종

화요일 알론 셰미쉬가 학교에 모습을 나타내지 않았다. 그래서 나바 선생님이 인쇄물을 나눠주실 때, 재키에게 두 장 주셨다. 왜냐면 재키가 알론 셰미쉬와 단짝이고, 그리고 가족이 서로 알고, 그리고 주말이면 같이 소풍가고 뭐 그러니까, 재키가 알론에게 숙제 갖다 주는 게 가장 적합했다. "그런데 제이콥, 알론이 빨리 낫길 반 전체가 바란다는 말 잊지 말고 전해." 선생님이 공표했다. 진짜 거짓말쟁이 재키가 "계집애야, 꺼져"란 식으로 머릴 저었지만, 선생님은 그저 고갤 끄덕인다고 생각했다.

수요일 아침 재키도 학교에 모습을 나타내지 않았다. "걸린 게 틀림없어." 당일치기 도사 아비바 크란텐스테인이 씨근거렸다. 메이어 수번은 받아들이지 않았다. "말도 안 돼. 틀림없이 둘 다 땡땡이야, 가족과 함께 말야. 모두 해변에서 바비큐 파티하고 있을 거야." "조용히 해라, 애들아." 나바 선생님이 찍찍거렸다. "아파서 집에 있는 애한테 자진해서 숙제 갖다 줄 사람?" 유발이 자원했다. "알론한테 제가 갖고 갈게요. 같은 동네 살아요." "그리고 제이콥한테 제가 갖다 줄게요." 다른 애가 기회를 잡을까봐 디클라가 잽싸게 말했다. 디클라가 재키에게 몸 달아 있다는 걸 모두 알고 있었다. "그리고 제이콥한테 제가 갖다 줄게요." 메이어 수번이 흉내 내자, 모두 웃었다. "아픈 친굴 돕고 싶어 한다는 건 놀릴 일이 아니에요. 몸이 좋지 않은 애들한테 전화 해봐야겠구나, 어떤지 알아봐야겠다." "돕고 싶어 한다고, 웃기네. 그거 하고 싶어 몸 달았는데, 제 말야." 거프니가 무지 큰 소리로 속삭이다가 나와서 엉덩이를 맞았다.

다음 날 유발과 디클라도 모습을 나타내지 않았다. 수번이 말했다. "다른 앤 모르겠지만, 유발은 지리 시험 땜에 집에 있는 거야. 내기해도 좋아." "아마 장티푸스에 걸렸나봐. 개척자가 많이 걸렸다고 교과서에 쓰여 있어……" 아비바 크랜텐스테인이 다시 언급했지만, 갖고 있는 공책을 전부 불태워버리겠다고 거프니가 위협하니까 더 이상 지껄이지 않았다. "결석한 애들 집에 전화했지만, 전활 받지 않았어요." 나바 선생님이 말했다. "방문해보는 수밖에 없네. 그동안, 전염병이 아닌지 확인될 때까지 결석자 방문을 엄금해요."

방과 후 킹 데이비드 공원의 뽕나무 옆에서 반 전체가 만났다. 메이어 수번이 큰 소리로 외쳤다. "지가 뭐라고 생각하는 거야, 우리 보고 친굴 방문할 수 없다고 말하다니. 지가 대단하다고 생각하나부지." 거프니도 흥분하기 시작했다. "뭔가 보여주자! 오늘 모두 재킬 만나러가자. 근데 예외 없어, 크랜텐스테인. 내 말 들어, 만약 너 거기 안 오면, 네가 갖고 있는 잘난 형광펜 내가 다 먹어버릴 거야."

결국 갈 수 없었다. 어머니가 쪽질 남겨뒀는데, 수리공이 냉장골 고치러 올 거고 어머니는 늦겠다는 거여서, 그래서 집에 있어야 했는데, 정말 열 받았다. 거프니가 내 말을 믿을 거라는 건 알지만, 다른 애들이 겁쟁이라고 말할 지도 몰랐다.

금요일 나하고 미셸 드 카사블랑카만 학교에 모습을 나타냈다. 선생님조차 안 오셨다. 미셸 드 카사블랑카는 어제 킹데이비드 공원 모임에 대해 아무도 말해주지 않아, 그냥 집에 갔다고 말했다. 우린 책상 위에 휴지통을 올려놓고 오전 내내 종이 씹어 뭉친 걸 던졌다.

일주일이 지났고, 이제 미셸과 난 정말 신났다. 미셸이 웃기는 프랑스 이름을 갖고 있는 온갖 게임을 가르쳐줬고, 아주 즐거운 시간을 보냈다. 엄마가 어처구니없다고 말씀하시며, 도대체 학교가 어떻게 돌아가는 거냐며 학부몰 소집하려고 하셨지만, 미셸네 집을 제외하고는 어느 집에서도 전활 받지 않았고, 게다가 교장 선생님께도 연락이 되지 않았다. 비서가 말하길, 삼일 전 나바 선생님을 방문하니까 조금 늦겠다고 전활 하셨는데, 그때 이래 소식이 없다는 것이다. 엄만 모든 사텔 아주 심각하게 받아들이셔서, 줄담밸 피워가며 문교부에 편질 쓰셨다. 엄말 안심시키려고 미셸이 애썼다. "걱정 마세요, 아바다 양. 아마 바비큐 파틸 하러 모두 해변에 갔을 거에요." 미셸의 말이 맞는 지도 모르겠지만, 더 이상 모르겠다. 또는 아마도 아비바 크랜텐스테인이 제대로 알고 있었고 모두 정말로 장티푸스에 걸려 죽어 버렸는지도 모르겠다.

마지막으로 한 편만,
그걸로 끝이죠

악마가 재능을 가져가려고 온 날 밤, 그는 논쟁하거나 애원하거나 소란을 피우지 않았다. "좋은 게 좋은 거죠" 말하며 프랑스 송로버섯과 한 잔의 레모네이드를 권했다. "썩 좋았지요. 대단했고, 더할 나위 없었지만, 뭐 시간이 다 되었다니. 게다가 여기 당신이 와 있고, 당신은 그저 자기 일을 하고 있는 거죠. 곤란하게 해드리려는 건 아니지만, 폐가 되지 않는다면, 재능을 가져가시기 전에 금방 소설 한 편만 쓸 수 있게 해주시겠어요. 마지막으로 한 편만, 그걸로 끝이죠. 그저 그렇게 재능을 맛볼 수 있게 말이지요." 프랑스 송로버섯의 은박지를 바라보며 악마는 그걸 받은 게 실수였다는 걸 깨달았다. 언제나 제일 귀찮게 하는 건 괜찮은 녀석들이다. 나쁜 녀석들하고는 아무런 문제가 없었다. 거기 가서 영혼을 옮겨놓고, 접착 부위를 열고 재능을 꺼내면, 그걸로 끝이다. 일을 마칠 때까지 발길질 하고 소리를 지르는 경우도 있다. 너는 악마니까, 그저 목록을 쭉 대조하면서 내려가면 된다. 그렇지만 괜찮은 녀석들, 조용조용히 말하면서 프랑스 송로버섯과 레모네이드 같은 걸 주는 녀석들, 그런 녀석들에게는 뭐라고 말할 수 있겠어? 악마가 한숨을 쉬었다. "알았어. 마지막으로 하나야. 그치만 빨리 써, 응? 벌써 세신데, 오늘 적어도 두 군데는 더 가야 하거든." 녀석이 지겨운 듯 가볍게 웃었다. "짧게. 아예 아주 짧은 걸로. 네 쪽이 넘지 않게. 그동안 텔레비전이나 보시죠."

프랑스 송로버섯을 두 개 더 챙긴 다음, 악마는 소파에 몸을 쭉 뻗고 리모컨을 눌러대기 시작했다. 그동안 다른 방에서는 프랑스 송로버섯을 제공한 녀석이 적절하게 고른 속도로, 결코 빠르지 않게, 마치 현금자동인출기에 백만 단위 핀넘버를 입력하는 사람처럼 자판을 두드려댔다. "그가 정말로 괜찮은 걸 만들어내면 좋겠네." 악마가 혼자 생각했다. 그리고는 PBS 공공 방송 프로그램 서비스에서 방영되는 자연 다큐멘터리 프로그램의 화면을 가로지르며 터벅터벅 걸어가는 개미를 응시하였다. "나무 이야기가 많이 나오고 부모를 찾는 작은 소녀가 나오는 이야기 같은 것 말이지. 대가리를 쥐어짜게 만들기 시작해서는 아주 억장이 무너지게 끝나 모두 목이 메이게 하는 그런 이야기 말이지." 정말 괜찮은 사람이야, 저 녀석 말이지. 그저 괜찮을 뿐만 아니라, 품위도 있어. 악마는 그 녀석 자신을 위해서라도 이제 거의 끝마쳤기를 바랐다. 네 시가 넘었고, 이십 분 내로, 아무리 늦어도 삼십 분 내로, 끝냈건 못 끝냈건 간에, 녀석의 접착 부위를 열고 물건을 꺼낸 다음 헤어져야 한다. 그렇지 않으면 나중에 보관실 담당에게 어떤 수모를 당할지 모르며, 그런 건 아예 생각조차 하고 싶지 않았다.

그렇지만 녀석은 약속을 잘 지켰다. 오 분 뒤, 손에 네 쪽짜리 인쇄물을 들고 땀에 흠뻑 젖어 다른 방에서 나왔다. 그가 쓴 이야기는 정말 좋았다. 작은 소녀에 관한 것이 아니고 대가리를 쥐어짜게 만드는 것도 아니지만, 지독하게 감동적이었다. 악마가 그렇게 말하자, 녀석은 아주 좋아했고, 겉으로 보기에도 그랬다. 악마가 재능을 끄집어내서 아주 아주 작게 접은 다음, 땅콩 모양 스티로폼으로 차 있는 특수 상자에 넣은 뒤에도 그의 얼굴에는 아직 미소가 남아 있었다. 그동안 녀석은 고뇌하는 예술가의 모습을 단 한 번도 보여주지 않았다. 그저 프랑스 송로버섯을 더 들라고 계속 권했을 뿐이었다. 악마에게 말했다. "높은 분들께 고맙다는 말을 전해 주세요. 재능뿐 아니라 덕분에 정말 좋은 시간을 보냈다고 말해주세요. 잊지 마세요." 악마는 알았다고 말하면서, 자신이 악마가 아니라 인간이었다면 혹은 다른 상황에서 만났더라면 아주 잘 지냈을지도 모르겠다고 생각했다. 문간에 서 있을 때쯤 악마는 걱정이 되어 물었다. "이제 뭘 할지 생각해 봤어?" "정말로 생각해 본 적 없어요. 아마 바닷가에 좀 더 자주 가겠지요. 친구도 만나고요. 그런 거지요 뭐. 당신은요?" "일하지 뭐." 등에 맨 상자를 추스리며 악마가 말했다. "나야, 일 빼면, 아무 생각도 없어. 정말이라고." 녀석이 물었다. "근데 말이죠. 그냥 궁금해서 그러는데, 이 모든 재능으로 마지막에는 뭘 하죠?" "나도 잘 몰라." 악마가 시인했다. "내 임무는 보관소까지 운반하는 것뿐이야. 거기서 수를 세어보고, 배달 전표에 서명하면 그걸로 끝이지. 나중 일은 눈곱만큼도 몰라." "너무 많아서 하나라도 남는다면 말이죠. 언제나 감사히 돌려받겠습니다." 녀석이 웃으면서 상자를 툭 쳤다. 악마도 웃었지만, 약간 역겹다는 웃음이었다. 4층을 내려오며 녀석이 쓴 이야기, 그리고 이 수거 직업에 관해 계속 생각했다. 지금까지는 어느 정도 즐기던 일이었지만 갑자기 문득 아주 더럽고 치사한 일 같아 보였다. "두 군데 남았다." 자동차 있는 곳으로 가며 스스로를 달래보려고 애썼다. "더럽다. 두 군데만 더 가면 오늘 일은 끝이다."

제트랙

　요전번 뉴욕에서 집으로 돌아오는 비행기에서 스튜어디스가 나한테 반했다. 당신이 무슨 생각하는 지 안다. 내가 잘난 체 하는 놈 혹은 거짓말장이 아니면 둘 다라고. 스스로 대단한 물건이라고 생각한다거나 적어도 당신이 그렇게 생각해줬으면 한다거나. 그치만 난 아니다. 게다가 정말 진짜로 나한테 반했다. 이륙 직후부터 시작됐는데, 음료가 제공될 때였다. 아무것도 원하지 않는다고 말했는데, 굳이 토마토 주스를 부어줬다.

　사실은 이미 그전부터 수상쩍었는데, 이륙 전 비상훈련 동안, 내게서 눈을 떼지 않았다. 마치 모든 게 나만을 위한 것처럼 말이다.

　게다가 이런 게 충분치 않다는 듯, 저녁 식살 끝내자마자 롤빵을 하나 더 갖다 줬다. "딱 하나 남았었어." 바로 옆에 앉아 있는, 배고픈 눈칠 감추지 않고 롤빵을 쳐다보는 꼬마 여자애에게 말했다. "게다가 이 신사분께서 먼저 요청하셨지." 하지만 난 안했다. 긴 얘길 짧게 하자면, 내게 몸이 달아 있었다. 꼬마 여자애도 눈치 챘다. "아주 푹 빠졌네." 엄만지 누군지 화장실 갔을 때 말했다.

"해버려, 지금 당장 해버려. 바로 여기 비행기에서 해주라고, 바로 영화 〈엠마누엘〉의 실비아 크리스텔처럼 면세품 판매 손수레에 기대놓고 말야. 시작해, 먹어버려, 형씨, 끝내주게 해버려. 날 봐서라도 말이지." 다소 놀랐다, 그런 말이 꼬마 여자애 입에서 나오다니. 열 살이 채 안된 얌전한 금발의 꼬마 애 같아 보였는데, 불쑥 "끝내주라"거나 영화 〈엠마누엘〉 같은 말을 했다. 당황해서, 화제를 바꾸려했다.

"해외여행이 처음이구나, 그치?" 내가 물었다. "엄마가 여행 데리고 가는 거고?"

"어머니가 아냐." 그녀가 쏘아 붙였다. "게다가 난 꼬마 여자애가 아니야. 변장한 난장이고, 저 여잔 내 조정자지. 이건 당신만 알고 있어. 이런 옷차림을 하고 있는 건 엉덩이 밑에 헤로인 오 파운드를 붙이고 다녀야하기 때문이지." 그리고 난 뒤, 어머니가 돌아오고 꼬마 여자애는 다시 정상적으로 행동했는데, 물 컵이나 땅콩같이 스튜어디스가 가져다주는 걸 그 스튜어디스가 갖고 지나가면서 거의 내게로만 미소 지을 때를 빼고는 말이다.

그때마다 꼬마 여자애가 깨어나 정말 저속하고 음탕한 몸짓을 했다. 얼마 뒤 꼬마애가 화장실 가려고 일어났는데, 복도 쪽 좌석에 앉아 있던 어머니가 지친 미소를 지어보였다. "제가 없는 동안 아마 선생님을 귀찮게 했겠죠." 슬프게 고개를 가로저었다. "제가 정말로는 자기 어머니가 아니라고 말했으리라 짐작해요. 자기가 해병 사령관이었다는 말 같은 거요." 고개를 저었지만, 그녀가 계속 말했다. 자기 어깨에 세상 전부를 짊어지고 다니기에 다른 사람과 나누길 간절히 바라는 걸 알아차릴 수 있을 정도였다.

"아버지가 죽은 이래로, 못되게 굴려고만 해요." 다시 시작했다. "마치 제가 아버지의 죽음에 책임이 있는 것처럼 말이지요." 이제는 정말로 울고 있었다. "당신 잘못이 아니에요, 아주머니." 위로하려고 손을 어깨에 얹었다. "누구도 당신에게 책임 있다고는 생각하지 않겠죠." "근데 사람들이 어째서 그러죠!" 내 손을 밀치며 말을 가로챘다. "사람들이 그런다는 걸 알아요. 사실 법정에서 무죄판결을 받았으니, 바보 취급하지 마세요. 누가 알겠어요, 당신의 과거 속에 어떤 끔찍한 일이 숨겨져 있는지!"

꼬마 여자애가 돌아왔다. 입 다물라는 듯 어머니를 매섭게 노려봤다. 그런 다음 내게 한결 부드러운 눈길을 보냈다. 서둘러 창문 옆 내 자리로 돌아와, 과거 속에 어떤 끔찍한 일이 숨겨져 있는지 기억하려고 노력하는데, 내 손 안에 구겨진 종이조각을 밀어 넣는 작고 땀나는 손이 만져졌다. 이렇게 적혀 있었다. "내 사랑, 기내 주방에서 날 만나줘요." '스튜어디스'라고 대문자로 크고 유치하게 서명되어 있었다.

꼬마 여자애가 윙크했다. 눌러 앉아 있었다. 몇 분마다 팔꿈치로 찔러 대서, 마침내 참을 수가 없었다. 그래서 좌석에서 일어나 기내 주방 쪽으로 향하는 척 했다. 꼬리날개 쪽을 향해 걸어가다가 백까지 센 다음 되돌아설 것이었다. 아마도 그때쯤이면 쪼그만 골치 덩어리가 포기하겠지 바랬다. 비행 시간이 한 시간도 안 남았다. 하느님이 아시겠지만, 난 죽도록 집에 가고 싶었다. 화장실 근처에서, 부드러운 목소리로 날 부르는 소릴 들었다. 그 스튜어디스였다.

"금방 와주셔서 다행이에요." 내 입에다 키스했다. "그 아니꼬운 꼬마가 쪽지를 전해주지 않을 지 몰라 걱정했어요." 뭐라고 말하려 했지만, 내게 다시 키스했다. 그런 다음 떨어졌다. "낭비할 시간이 없어요." 그녀가 헐떡거렸다. "지금 당장이라도 비행기가 추락할 거에요. 당신을 구출해야만 해요." "추락한다고?" 내가 펄쩍 뛰었다. "근데 왜? 뭐가 문젠데?" "아무것도 문제가 아니에요." 셸리가 고개를 저었다. 그녀의 이름이 셸리라는 걸 알 수 있었다. 이름표에 그렇게 쓰여 있었기 때문이었다.

"우린 일부러 추락할 거에요." "누가 우리야?" 내가 물었다. "승무원들이요." 눈도 깜빡이지 않고 말했다. "위에서 내려온 지시에요. 일 년에 한 번이나 두 번 대양 한 가운데에서 비행기를 추락시켜요, 될 수 있는 대로 부드럽게 말이죠. 그러면 어린아이가 하나나 둘 죽게 되고, 그러면 사람들이 항공 안전 업무를 신중하게 받아들이기 시작하죠. 알다시피, 그러면 비상 행동요령 같은 걸 시연할 때 관심을 기울이게 되죠." "근데 왜 이 비행기야?" 내가 물었다. 그녀가 어깨를 으쓱했다. "모르죠 뭐. 위에서 내려온 지시에요. 아마 요즘 좀 해이해진 것 같다고 생각했나보죠."

"그치만……" 말하려고 노력했다. "비상 출구가 어디 있는데?" 그 문장을 끝내지도 못하게 내게 쏘아붙였다. 솔직하게 말하자면, 무슨 말을 하려던 것이었는지 기억나지 않았다. "거봐요." 그녀가 고개를 끄덕였다. "사람들이 너무 태평하다니까요. 걱정 마세요, 자기. 대부분은 살아남아요. 그치만, 당신의 경우에는 위험을 감수하게 할 수가 없어요." 그러더니 몸을 구부려 플라스틱 책가방 같은 걸 건네줬다. "이게 뭐야?" 내가 물었다. "낙하산." 그녀가 내게 다시 키스했다. "셋을 세면서, 문을 열겠어요. 그때 뛰어내리세요. 사실, 뛰어내릴 필요도 없어요. 그저 빨려나갈 테니까."

아주 솔직하게 말하자면, 정말로 그러기 싫었다. 한밤중에 비행기 밖으로 뛰어내리는 건 그저 내 스타일이 아니다. 셀리는 내가 자기 걱정을 한다고 생각했다, 자기를 곤경에 빠뜨릴지도 모른다고. "걱정 마세요. 아무에게도 말하지 않으면, 누구도 알아내지 못할 거에요. 그냥 그리스로 헤엄쳐 왔다고만 말하시면 돼요."

뛰어내린 건 정말로 전혀 기억나지 않고, 밑에 바다가 있었던 것, 북극곰 엉덩이마냥 차가웠던 것만 기억난다. 수영 좀 해보려고 했는데, 곧 일어설 수 있다는 걸 깨달았다. 그래서 빛을 향해 물을 헤쳐 나가기 시작했다. 머리가 지끈거렸고, 해변의 어부들이 신경에 거슬리기 시작했다. 곤경에 빠진 날 구출한 것처럼 만들려고 했는데, 그래야 돈 몇 푼 벌 거니까, 등에 업고 나르더니, 구강 대 구강 인공호흡 등 온갖 짓을 다 했다. 그치만 내 몸을 문지르려고 했을 때, 정말로 참을 수 없어서 한 사람의 뺨을 때렸다.

감정을 상하게 한 것이 분명했는지, 그들이 떠나갔다. 그런 다음 홀리데이 인 호텔에 투숙했지만, 제트랙_{시차증} 때문인지 잠을 이룰 수 없어 케이블 TV를 봤다. CNN에서 구조 작업을 생중계하고 있었는데, 꽤나 흥분되었다. 좌석에서 화장실 쪽까지 있던 사람들을 많이 알아볼 수 있었다. 구명보트에 옮겨지고 있었는데, 모두 미소 지으며 카메라를 향해 손을 흔들었다. TV로 보니, 구조 작업 전부가 정말로 가슴 따뜻해지는 장면이었다.

꼬마 여자애 말고는 사상자가 없는 것으로 판명되었는데, 그 아이조차 국제경찰이 수배 중이던 난장이로 판명되었다. 그래서 대체로 사태가 아주 잘 마무리된 셈이었다. 침대에서 나와 목욕탕으로 걸어갔다. 생존자들의 활기차고 음정이 맞지 않는 노래 소리가 여전히 저 멀리에서 들렸다. 아주 잠깐 동안, 서글픈 호텔방 화장실 비데에 앉아 나머지 사람들과 거기에 같이 있는 장면을 상상했다. 구명보트의 바닥에서 나의 셸리를 껴안고 카메라를 향해 손 흔들기를 거부하고 있었다.

비밀정보기관
대장의 아들

비밀정보기관 대장의 아들은 그가 비밀정보기관 대장의 아들이라는 사실조차 모르고 있었다. 그는 아빠가 땅 고르는 사업체를 갖고 있다고 생각했다. 그리고 아빠가 총신이 짤막한 베레타 권총을 매일 아침 바닥 서랍에서 꺼내서 38구경 총알들을 하나씩 검사하곤 할 때면, 그가 웨스트 뱅크에서 온 아랍인들과 그렇게 많은 시간을 일하면서 보내기 때문에 그렇다고 생각했다. 비밀정보기관 대장의 아들은 길고 말라빠진 다리와 웃기는 이름을 갖고 있었다. 그의 이름은 올레그라고 불렸는데, 6일 전쟁에서 전사한 아빠의 친구의 이름을 딴 것이었다. 여름에 그가 반바지를 입고 저 두 개의 하얀 긴 다리로 활보할 때면, 어느 순간 곧 앞으로 쓰러지겠지라고 생각될 정도였다. 그리고 그의 이름, 올레그가 있었다. 그는 그렇게도 비밀정보기관 대장의 아들로는 적합하지 않은 후보였기에 때로는 비밀정보기관의 대장인 그의 아버지가 자신의 진정한 정체를 변장하기 위하여 생각해낸 또 하나의 묘기일 뿐이 아닌가라고 질문하지 않을 수 밖에 없었을 것이다.

비밀정보기관의 대장이 집을 떠나지 않았던 날들이 있었다. 다른 날들은 집에 아주 늦게 왔다. 그런 날들은 그가 집에 올 때 비밀정보기관 대장의 아들과 아들의 어머니에게 피곤한 미소를 지어 보였으며 "얼마나 힘든 날이었는지, 물어보지 마세요."라고 말하곤 했다. 그래서 그들은 그렇게 하고, 그저 TV를 계속 시청하거나 숙제를 하였다. 그들이 그에게 물어보았다 하더라도, 어쨌든 그는 대답을 하려하지 않았을 것이다.

비밀정보기관 대장의 아들에게는 여자 친구가 있었다. 그녀의 이름은 가비였다. 그들은 모든 것에 관해서 함께 이야기했다. 그와 가비는 그의 방의 바닥에 누워서 대부분의 이야기를 했다. 그들은 T자 형태를 만들었는데, 가비의 머리가 비밀정보기관 대장의 아들 배 위에 놓여 있기 때문이다. 가비의 어머니는 그녀가 아기일 때 죽었지만, 그녀가 젖을 먹었던 기억이 실제로 난다고 올레그에게 이야기하였다. 비밀정보기관 대장의 아들은 자신의 가장 이른 기억은 자기가 두 살 반이었을 때였다고 말했다. 그들이 차 안에 있었는데 누군가 그들 뒤에서 미친 듯이 경적을 울리고 있었고 아빠는 부처처럼 평온하게 핸들을 잡고 있었다. "난 아무래도 상관없지만, 그들은 영원히 아비바에서 경적을 울릴 수 있어." 그가 평온한 목소리로 말했다. "그들이 결국 포기할 것이고" 그리고 "난 아무래도 상관없지만, 영원히 그가 고함칠 수도 있어. 그도 결국 포기할 거야." 가비에게는 다른 남자친구, 사이몬이 있었다. 사이몬은 같은 고등학교의 같은 반에 있지만 11학년이 시작될 때 실비아 교감선생님에게 벽돌을 던졌기 때문에 퇴학당했고 자기 아버지를 위해서 일하러 갔다. 사이몬의 아버지 또한 땅 고르는 사람이었는데, 그는 비밀정보기관의 대장을 참을 수가 없었다. 그가 예전에 사이몬에게 말했다. "모든 사람이 언제나 그의 회사가 얻어 낸 계약들에 관해 이야기하지만 나는 한 번이라도 그가 불도저에 앉아 있거나 단 하나의 기획도 실행하는 걸 본 적이 없었어." 실제로 일은 하지 않으면서 비밀정보기관 대장의 회사가 정부로부터 돈을 지급받고 있는 것으로 보아 무언가 의심스러운 일이 벌어지고 있다고 사이몬과 그의 아빠는 생각했다. 확실히 근거가 있는 생각이었다. 그리고 만약 비밀정보기관 대장의 아들이 사이몬의 여자친구를 훔쳤다는 사실을 첨가한다면, 사이몬이 가장 나쁜 방식으로 비밀정보기관 대장의 아들을 증오하는 이유를 이해하는 게 아주 쉽다.

언젠가, 비밀정보기관 대장의 아들이 스포츠센터에서 농구를 하고 있었다. 그는 친구 에후드와 그곳에 갔다. 에후드는 키가 크고 힘이 세며 언제나 조용했다. 많은 사람들이 그가 멍청하기 때문에 조용하다고 생각했다. 그건 사실이 아니었다. 그는 동네에서 가장 똑똑한 아이는 아니었을지 모르지만 저능아도 아니었다. 어떤 식으로든 에후드는 비밀정보기관 대장의 진짜 아들보다 훨씬 더 비밀정보기관 대장의 아들에 더 잘 어울렸다. 그의 차분함과 그의 내면의 침착함은 단지 그를 이상적인 후보자로 만드는 두 개의 자질일 뿐이었다. 그리고 정말이지, 비밀정보기관의 대장은 에후드를 아주 좋아했다. 에후드가 건너오면, 비밀정보기관의 대장은 사나이끼리 하는 것처럼 등을 찰싹 치고는 말했다. "무슨 일이 있어, 큰 녀석아?" 그러면 에후드는 미소를 짓고 조용히 하곤 했다. 그건 실제로는 안 어울리는 짓이었다. 예를 들자면, 비밀정보기관의 대장은 비밀정보기관 대장의 아들에게 등을 철썩 친 적이 결코 없었다. 그는 에후드와 정보부의 차장을 제외하고는 결코 누구의 등을 찰싹 친 적이 없었다. 그것조차도 단지 두 사람이 공무원 훈련을 같이 했었고 서로의 생명을 십여 번

구해주었기 때문이었다. 어두워지기 시작할 때 그들은 놀기를 그쳤다. 비밀정보기관 대장의 아들은 집으로 향했다. 에후드는 보통 때처럼 농구 슛을 연습하려고 모두가 떠난 뒤에도 코트에 남아 있었다.

비밀정보기관 대장의 아들은 운동장을 가로 질러 걸으며 낡은 그네들과 사닥다리들을 보았다. 이미 어두워지기 시작하고 있었기 때문에 그곳에는 아무도 없었다. 모래통 모서리에 앉아 있는 사이몬을 제외하고는 아무도 없었다. 그는 술을 너무 많이 마신 것 같아 보였다. 사이몬은 그날 밤 아주 우울했다. 부분적으로는 그가 아빠의 불도저들 중 하나를 망가뜨렸기 때문이기도 하지만, 주로 그의 누이가 아랍 노동자 중한 명과 성교를 하고 있는 걸 발견했기 때문이었다. 사이몬은 그때까지 맥주 다섯 잔을 마셨는데 곧 토할 것 같은 기분이었다. 비밀정보기관 대장의 아들이 지나갔는데, 사이몬과 거리가 아주 가까웠지만, 사이몬이 사이몬인지도 모르는 체였다. 왜냐하면 사이몬의 얼굴은 어둠 속에 있었던 반면에 비밀정보기관 아들의 얼굴은 빛으로 밝혀져 있었기 때문이다. "너 이놈 나한테 잘 걸렸다." 그가 말하고서 비밀정보기관 대장의 아들의 셔츠를 붙잡았다. "너 잘 걸렸다." 그가 다시 말했고 주머니에서 날이 튀어나오는 나이프를 꺼냈다. 찰칵거렸고 칼날이 튀어나왔다. 그리고 비밀정보기관 대장의 아들은 눈을 감았고 긴 다리가 흔들거렸다. 사이몬은 비밀정보기관 대장의 아들이 겁을 먹은 것을 보고는 아주 기뻐서 더 이상 속이 메스껍게 느껴지지 않았다. 어떻게 비밀정보기관 대장의 아들에게 창피를 줄 것인지 십여 개의 생각이 그의 머리를 스치고 지나갔다. 그는 비밀정보기관 대장의 아들에게 거짓말을 했다. "너도 알다시피 네가 얼마나 작은 좆을 갖고 있는지 사람들에게 말해주는데서 가비가 언제나 재미를 느낀다. 내 자신이 직접 볼 수 있게 옷들을 내려 보는 게 어때." 그리고 그가 바지와 속옷을 벗게 만든 뒤에 사이몬도 셔츠를 벗었다. 그런 다음 그는 집에 갔다. 그리고 다음 날 심하게 머리가 아파서 깨어났다.

비밀정보기관 대장의 아들이 긴 다리를 비틀거리며 집에 가야 했는데, 마침내 도착해서 문을 열었을 때, 아버지가 복도에 서서 기가 막혀 하면서 그를 응시하시는 걸 발견할 뿐이었다. 그의 아빠는 벌어졌던 모든 일을 즉시 설명하라고 요구하였다. 그래서 그는 칼날에 대해서 그리고 사이몬에 대해서 그에게 말했다. 아빠는 사이몬이 실제로 어느 지점까지 그를 건드렸는지 그리고 그가 한 발도 물러서지 않으려고 노력했었는지 그리고 에후드도 옷을 벗었는지도 물어보았다. 왜냐하면 비밀정보기관 대장의 아들은 에후드가 뒤에 남아 코트에서 계속 연습하고 있었다는 사실을 그에게 말해주는 것을 잊어버렸기 때문이었다. 그가 심문을 끝냈을 때, 비밀정보기관 대장은 말했다. "좋아. 가서 옷을 입어라." 그리고는 노발대발하면서 책상에 앉았다. 비밀정보기관 대장의 아들은 발가벗은 채로 침대에 들어가서는 머리까지 이불을 덮고 울기 시작했다. 그의 아버지가 그를 심문하는 내내 한 마디도 하지 않았던 어머니가 단지 그곳에 서 있다가는 방으로 들어와서 그가 울음을 그치고 잠들었다고 생각이 들 때까지 그를 안아주었다. 그런 다음 인생에서 최초로 그는 아버지가 거실에서 고함치는 소리를 들었다. 몇 개의 단어들만이 이불을 통해서 그에게 전달되었는데, "당신의 잘못," "생채기조차도 안 돼요." "아니, 내가 과잉 반응을 하는 게 아니야" 그리고 "말하자면, 에후드" 등이었다.

다음 날 아침, 비밀정보기관의 대장은 탄창을 점검하고는 서랍에 총을 다시 넣었다. 그런 다음 그의 아들을 학교에 태워다 주었다. 그들은 보통 때처럼 가는 내내 한 마디도 하지 않았다. 2시, 비밀정보기관 대장의 아들이 점심을 끝냈고 농구를 하러 나간다고 말했다. 그날 밤 비밀정보기관 대장의 아들이 집에 왔을 때 그는 그의 아버지와 어머니에게 피곤한 미소를 지었다. 그리고는 말했다. "얼마나 힘든 날이었는지. 물어보지 마세요." 그래서 그들은 그랬다. 나중에, 그의 아버지가 욕실로 가고 그의 어머니가 이미 잠이 들었을 때, 그는 총을 바닥 서랍에 도로 놓았다. 그에게 물어보았더라도, 그는 어쨌든 대답을 하려하지 않았을 것이다.

파이프

내가 7학년이 됐을 때, 임상 심리사가 학교로 와서 여러 가지 적응력 테스트를 실시했다. 서로 다른 시청각 교육용 플래시 카드 스무 장을 하나씩 보여주면서 그림에서 어떤 게 잘못됐는지 물어봤다. 다 괜찮은 것 같아 보였다. 그런데 그가 첫 번째 그림을 억지로 다시 보여줬다. 그 안에 애가 있는 거였다. "이 그림에 무어가 잘못됐니?" 그가 피곤한 목소리로 물어봤다. 그림이 괜찮은 것 같아 보인다고 대답했다. 그가 정말로 화가 나서 말했다. "그림 속 소년에게 귀가 없는 게 보이지 않니?" 그 그림을 다시 봤을 때 그 애에게 귀가 없다는 걸 정말로 알았던 건 사실이다. 그치만 그 그림이 여전히 괜찮은 것 같아 보였다. 임상 심리사는 날 "심각한 지각력 장애를 겪고 있는" 것으로 분류한 다음 목수 양성소로 전학시켰다. 내가 거기 갔을 때, 톱밥 알레르기 체질이라는 게 밝혀졌고, 그래서 날 금속 세공 반으로 보냈다. 그걸 아주 잘했지만 정말로 좋아했던 건 아니었다. 솔직히 말하자면 특별히 어떤 걸 정말로 좋아한 적이 없다. 학교를 마친 다음 파이프 만드는 공장에서 일하기 시작했다. 내 상사는 일류 기술 대학을 수료한 기술자였다. 똑똑한 녀석이었다. 귀 없는 애 그림 같은 걸 보여준다면 그는 즉시 알아맞힐 것이다.

근무가 끝난 뒤 공장에 남아 이상한 모양의 파이프들, 휘감고 앉아 있는 뱀 같이 생긴 꾸불꾸불한 파이프들을 혼자서 만들어서 그 속으로 구슬을 굴려 넣곤 했다. 멍청한 짓 하는 것처럼 들린다는 건 나도 알지만, 그걸 좋아하지도 않으면서도 어쨌든 계속해서 그 짓을 했다.

어느 날 밤 많이도 꾸불거리고 많이도 돌아나가는, 정말로 복잡한 파이프를 하나 만들었다. 그 안에 구슬을 굴려 넣었는데 구슬이 반대쪽으로 나오지 않았다. 처음에는 그냥 가운데에 걸려 있을 거라고 생각했다. 그러나 스무 개도 넘는 구슬로 시도해본 다음에 구슬들이 그냥 사라질 뿐이라는 걸 깨달았다. 내가 말하는 게 전부 다 바보같이 들린다는 걸 안다. 내 말은 구슬들이 그저 사라져버리지는 않는다는 건 모두 다 안다는 뜻이다. 그러나 구슬들이 파이프의 한 쪽 끝으로 들어가서는 다른 쪽 끝으로 나오지 않는 걸 봤을 때, 이상하다는 생각이 나지도 않았다. 실제로는 아주 그럴 법 해 보였다. 그때 더 큰 파이프를, 똑같은 모양으로, 혼자서 만들겠다고, 그래서 내가 사라져버릴 때까지 그 속에 기어들어가겠다고 결심했다. 그런 생각이 떠올랐을 때, 너무 행복해서 큰 소리 내어 웃기 시작했다. 내 생각엔 내 인생 전체에서 내가 웃은 건 그때가 처음이었다.

그날 이후 계속해서 나의 거대한 파이프를 만들었다. 매일 저녁 작업 했고 아침에는 부품들을 광에 숨겨놓았다. 작업을 끝내는데 이십 일이 걸렸다. 마지막 날 밤 조립하는데 다섯 시간이 걸렸는데, 공장 바닥의 거의 반을 차지했다.

전부 하나로 합쳐져서 날 기다리고 있는 걸 봤을 때, 사회교사가 했던 말이 기억났다. 곤봉을 처음 사용했던 인간은 부족 중에서 가장 힘이 센 사람이거나 가장 똑똑한 사람이 아니었다. 그들에게는 곤봉이 필요 없었지만, 그에게는 필요했다. 살아남기 위해서 그리고 약한 걸 보충하기 위해서 누구보다도 더 그에게 곤봉이 필요했었다. 이 세상 전체에서 나보다 더 사라지고 싶어 했던 인간이 없었다고 생각한다. 그게 내가 그 파이프를 발명한 사람이 된 이유다. 나였다. 공장을 운영하던 기술 전문 학위가 있던 똑똑한 기술자가 아니었다.

나는 파이프 속에서 기기 시작했는데, 다른 쪽 끝에서 뭘 기대할 수 있는지 전혀 알지 못했다. 아마도 귀가 없는 애들이 구슬 동산 위에 앉아 있을 지도 몰랐다. 그럴 수도 있었다. 파이프의 어떤 지점을 지나간 뒤에 무슨 일이 벌어질런지 정확하게 알지 못한다. 내가 아는 건 내가 여기 있다는 것뿐이다.

내 생각에 나는 지금 천사다. 내 말은 내게 날개가 있으며 머리 위에 이렇게 생긴 둥그런 원주가 있으며 나 같은 존재가 여기에 수백 명 더 있다는 뜻이다. 내가 여기 왔을 때 지난 몇 주 간 내가 파이프를 통해서 굴려 보냈던 구슬들을 갖고 그들이 주변에 앉아서 놀고 있었다.

나는 언제나 천국은 착하게 살아온 사람들을 위한 장소라고 생각하곤 했었는데, 그게 아니다. 신은 너무나 자비롭고 친절해서 그처럼 결정하지 않으신다. 천국은 그저 지상에서 진실로 행복할 수 없던 사람들을 위한 장소다. 여기서 그들이 내게 말했다. 자살을 하는 사람들은 자신의 삶을 전부 다 다시 살기 위해 돌아간다고. 왜냐하면 첫 번째 좋아하지 않았다는 사실이 두 번째에도 어울리지 않다는 걸 뜻하지는 않기 때문이다. 그러나 세상에 정말로 어울리지 못하는 사람들은 결국 여기에 있게 된다. 그들은 각자 나름대로의 방식으로 천국에 왔다.

(버뮤다, 플로리다, 푸에르토리코를 잇는 해역으로 해난, 항공 사고 다발 지역으로 유명한) 버뮤다 삼각 해역의 정확한 지점에서 공중제비를 함으로써 여기에 온 항공기 조종사들이 있다. 부엌 수납장 뒤를 지나서 여기에 온 주부들, 공간의 위상학적 뒤틀림을 발견하고 그 사이로 비집고 지나서 여기에 온 수학자들이 있다. 그러니 당신이 저 아래에서 정말로 불행하다면, 그리고 온갖 종류의 사람들이 당신은 심각한 지각력 장애를 겪고 있다고 말하고 있다면, 여기에 오는 당신만의 방식을 찾아라. 그리고 당신이 그걸 찾으면, 제발 카드 좀 갖고 올 수 있겠니? 왜냐하면 구슬놀이가 정말로 지겨워지고 있거든.

크넬러의
행복한 캠프 생활자들

그녀가 내 장례식에서 울었다고 생각한다. 내가 자만심이 강하거나 뭐 그런 것은 아니지만 아주 확실하다. 때때로 그녀가 가깝다고 느끼는 녀석에게 나에 관해 이야기하는 걸 실제로 그려볼 수 있다. 죽어가는 나에 관해 이야기하는 것. 오래된 초콜릿 막대처럼 말라 시들고 측은한 것이 되어 있는 나를 무덤 속으로 어떻게 내려놓았는지에 관해서 말이다. 어떻게 해서 실제로 우리가 기회를 결코 갖지 못하게 되었는지에 관해서 말이다. 그런 다음에 그 녀석이 그녀와 성교하는데, 오로지 그녀의 기분을 좋게 하기 위한 성교다.

1.

모르디가 일자리와 제대로 된 술집을 찾다.

내가 자살을 한 이틀 뒤에 나는 이곳 피자 가게에서 일자리는 찾았다. 카미카제라고 불리는 곳인데 체인점이었다. 내 근무시간 지배인은 내가 보기에 괜찮았고 같은 가게에서 일하는 이 독일인 녀석과 함께 살 장소도 찾도록 도와주었다. 일자리는 큰 문제가 아니다. 그러나 한동안은 그만하면 될 것이었다. 그리고 이 장소에 관해서 (나는 모르겠는데) 사후의 삶에 관해 드러내놓고 그들이 말할 때마다 그리고 있느니 없느니 하는 판에 박힌 말 전부를 겪을 때마다, 나는 그것에 관해 이런 식으로든 저런 식으로든 결코 생각해보지 않았다. 그러나 이 정도까지는 말해줄 수 있을 것이다. 있다고 생각했었을 때조차 나는 언제나 (속도위반 탐지기의 레이더 추적 전자 장치인) 퍼즈버스터 같은 이런 삑삑거리는 소리들, 그리고 공간과 물건 주변을 떠돌아다니는 사람들을 언제나 상상하곤 했다. 그러나 이제 내가 이곳에 있으니, 모르겠다. 대개는 텔아비브를 기억나게 한다. 내 룸메이트 독일인은 마찬가지로 이 장소가 그저 프랑크푸르트일 수도 있다고 말한다. 나는 프랑크푸르트도 또한 지저분한 거리라고 짐작한다. 어두워질 때쯤 술집을 발견했는데, 괜찮은 장소로 스티프 드링크라고 불린다. 음악 또한 나쁘지 않았고, 정확하게 최신은 아니지만 개성이 있었으며 많은 여자들이 나름대로 몸을 식히고 있었다. 그들 중 몇몇은 어떻게 했는지 바로 알아 볼 수 있는데, 손목과 온갖 곳에 흉터들이 있었다. 그러나 실제로 상태가 좋아 보이는 여자도 몇 명 있었다. 그녀들 중 하나가, 확실히 자극적인데, 바로 첫날 밤 나와 마주쳤다. 그녀의 피부는 약간 물렁거렸고, 약간 늘어져 있었다. 익사를 했던 사람 같은데, 그러나 그녀에게는 위해서 죽을 녀석이 있었다. 그리고 그녀의 눈은 뭔가 달랐다. 하지만, 나는 행동을 취하지는 않았다. 데지레 때문이라고 계속 자신에게 속삭였다. 왜냐면 내가 죽어서도 오로지 그녀를 더욱 사랑하기 때문이었다. 그러나 누가 알겠는가, 아마도 나는 그저 억눌리었을 뿐인지.

2.

모르디가 진짜 친구를 만나고 포켓볼 내기당구 게임에
서 진다.

스티프 드링크에서 우지 겔판드를 만났는데, 거의 우연이
었다. 그는 진짜 친구처럼 행동했다. 내게 맥주 등 모든 걸 사
주었는데 기묘하게 느껴졌다. 틀림없이 그가 뭔가 불만을 내
게 토로하려는 것이라고 짐작했기 때문이다. 그러나 곧 그가
내게 붙으려는 게 전혀 아니라는 걸 알았고, 그는 그저 심심
했었다. 그는 나보다 몇 살 위였는데 대머리가 되어가고 있었
다. 그래서 총알이 들어간 오른쪽 관자노리에 작은 흉터가 훨
씬 더 두드러지게 보였다. 그리고 총알이 나온 왼쪽 관자노리
에 훨씬 더 큰 다른 흉터도 그러했다. "(명중하면 파열하여 상처 구
멍을 크게 하는 맹수 사냥용) 덤덤탄을 사용했어." 겔판드는 술집에
서 다이어트 콜라를 마시면서 우리 바로 옆에 서 있는 두 여
자들에게로 가서 윙크한다. "내 말은 할려거든 제대로 해야
지." 그 여자 둘이 말꼬리 모양으로 머리를 묶은 금발머리 녀
석을 따라가기 위해 우리를 내팽개친 뒤에서야 우리가 함께
라고 생각했었기 때문에 단지 나에게 다가와서 말을 했었을
뿐이라고 그는 인정하였다. "그렇다고 차이가 난다는 게 아

니죠."라고 그가 말하고 단지 냉담해지려고 노력하면서, 아주 심하지는 않게 카운터에 박치기를 했다. "당신이 나를 소개했다 하더라도 그녀들은 결국 금발머리 녀석과 가버렸을 거에요. 그게 그저 그런 거죠. 내가 만나는 모든 여자들에게는 어디선가 금발 녀석이 언제나 그녀들을 기다리고 있어요. 그러나 내가 분해하는 건 아니어요. 전혀요. 아마도 약간 낙담을 했겠지만 분해 하지는 않아요." 맥주 4잔을 마신 뒤 우리는 포켓볼을 쳤는데, 우지가 자신에 관해 내게 이야기해주기 시작했다. 내 거처에서 멀지 않은 곳에서 그가 살고 있던 게 밝혀졌는데, 부모와 함께 였고, 그건 꽤 기묘한 일이었다. 내 말은 이곳에서는 대부분 사람들이 혼자 살거나 아마도 여자 친구나 룸메이트와 함께 산다. 우지의 부모는 그보다 5년 전에 자살을 했다. 그의 어머니는 병이 있었고 그의 아버지는 그녀 없이 계속 살고 싶어 하지 않았다. 그의 남동생도 그들과 함께 살고 있었다. 방금 이곳에 도착했다. 신병 훈련 도중에 총으로 자살을 했다. "아마도 이런 식으로 말하지 말아야했겠지." 우지는 미소 지으며 우연히 8번 공을 맞춰 바로 왼쪽 구멍에 쏘아 넣었다. "그러나 그가 여기 왔을 때 우리는 정말로 충격 받았어. 발에다 10파운드 큰 망치를 떨어뜨린다 해도 눈 하나 깜박거리지 않을 우리 아빠를 보았어야 해. 애를 붙잡더니 아기처럼 엉엉 울었어. 정말이야."

3.

커트가 투덜거리기 시작하고 모르디는 질색하다.

내가 우지를 만난 이래로 우리는 매일 밤 술집에 들른다. 여기에는 비슷한게 세 개만 있는데 재미있는 사건이 있으면 확실히 놓치지 않으려고 우리는 그저 매번 세 곳 모두 들른다. 우리는 언제나 스티프 드링크에서 마무리 짓는다. 그게 가장 좋은 곳이고 또 가장 늦게까지 열린다. 지난밤에는 진짜 끔찍했다. 우지가 이 친구 커트를 데리고 왔다. 유명한 밴드와 그 밖의 여기저기에서 리더였기에 그 녀석이 정말로 멋지다고 생각한다. 그러나 사실 그는 최고 수준의 멍청이다. 내 말은, 나도 정확히 잘 나가는 편은 아니다. 그러나 이 녀석, 그는 투덜거리기를 그치려하지 않았다. 그리고 일단 그가 시작하면, 그건 잊어버리자. 그는 빌어먹을 박쥐처럼 당신에게 파고들 것이다. 어떤 것이든 떠오르면 언제나 자기가 썼던 노래를 기억해 내고, 그 노래가 정말 멋지다고 당신이 말하도록 그가 당신을 위해 그걸 암송하기 시작한다. 때때로 자기 곡들 중 하나를 틀어달라고 바텐더에게 요구하기까지 했는데 그저 땅 파고 들어가고 싶을 지경이었다. 이건 전혀 내 스타일이 아니다. 우지를 제외하고는 모두 그를 미워했다. 마음 아픈,

지옥같이 마음 아픈 방식으로 당신을 쫓아다니는 이런 게 있다고 생각한다. 가장 신경 쓰고 싶지 않은 놈은 자기가 얼마나 불행한지 노래 부르는 것 외에는 아무것도 마음에 없는 사람이다. 내 말은 만약 그런 짓에 신경 썼더라면 여기에서 마무리 짓는 대신에, 침대 머리에 닉 케이브의 음울한 포스터를 붙인 채 아직도 살아있을 거라는 말이다. 그러나 진실은 그가 혼자가 아니라는 것이다. 어제는 그저 기분 나빴다. 피자 가게에서 일하고 술집들을 다니며 밤을 보내니 아주 피곤해지기 시작했다. 매일 밤 김빠진 콜라를 마시는 똑같은 사람들을 본다면, 당신의 눈을 똑바로 쳐다볼 때조차 그들이 그저 응시하는 것 같다고 느끼게 된다. 모르겠다. 아마도 내가 너무 긴장했는지도 모르겠다. 그러나 여러분이 그들을 볼 때, 그리고 무슨 일이 실제로 벌어지고 있는 것 같다는 낌새를 공기 중에서 느낄 때조차, 그리고 그들이 춤을 추거나 그럭저럭 해나가거나 당신과 웃거나 할 때조차, 어쨌든 그들에게는 언제나 이런 게 있다. 그건 결코 대단한 일이 아니다라는 듯이, 실제로 중요한 건 아무것도 없다는 듯이.

4.

겔판드 네에서의 저녁식사.

금요일 날 우지가 부모님 댁에서 저녁 식사를 하자고 초대하였다. "정확히 여덟시야." 그가 말했다. "그리고 늦지 마. _(순대의 일종인 유대요리) 키쉬케와 콩과 감자 촐렌트를 먹을 거야." 겔판드 네가 동유럽 출신인 걸 알 수 있다. 가구는 우지의 아버지가 조립한 자기조립 제품이었고 치장 회반죽을 바른 그런 끔찍한 벽이 있었다. 실제로는 가고 싶지 않았다. 부모님들은 내가 좋지 않은 영향력을 미친다고 언제나 생각한다. 그 이유는 모르겠다. 예를 들어, 데지레의 집에서 처음으로 저녁식사를 했을 때였다. 그녀의 아버지는 계속해서 나를 훑어보았는데, 마치 나는 운전면허증을 따려는 불량배이고 그는 나를 통과시켜주지 않을 교통부 직원인 것 같았다. 디저트를 먹을 때까지 — 대단한 일이 아닌 것처럼 보이려고 노력하면서도 — 자기 딸에게 내가 마약을 하게 하려는 것인지 알아보려고 나를 계속 괴롭혔다. "어떻게 하는지 내가 알아." 수갑을 채우기 바로 전에 주는 그런 형사의 눈길을 주면서 그가 말했다. "알겠지만, 나도 젊은 시절이 있었거든. 파티에 가고, 춤도 좀 추고, 열기가 달아오르면, 그러면 너도 알다시피 다음에는 방에 같이 모여 그녀에게 뽕을 먹으라 하겠지." "마리화나 담배요." 내가 그에게 말하려고 노력했다. "뭐든지 간에. 들어봐요, 모르디, 내가 경험이 없어 보여도, 절차를 알아." 겔판드 네 집에서는 내가 운이 좋았다. 왜냐면 자식들이 너무 진도를 많이 나가서 그들의 부모님은 걱정할 게 남아 있지 않았다. 그들은 내가 거기 있는 걸 정말로 행복해했고 음식을 실컷 먹이려고 계속 노력했다. 집 밥은 어쩐지 좋다. 내 말은 그게 설명하기는 어렵지만 뭔가 특별한거, 감정이 있다. 마치 위장이 그게 돈 낼 필요가 없는 음식이라는 걸 알아낼 수 있는 것처럼 말이다. 그건 실제로는 사랑에서 만들어내는 것이다. 이곳에 온 이래로 위장이 받아들였던 온갖 피자와 중국요리 등 잡동사니 후에, 이런 의사표시에 감사하였다. 내게 감사하기 위해서 위장은 어쩌다 한 번씩 가슴으로 그런 뜨거운 파도를 올려 보냈다. "진짜 달인이야, 우리 엄마는." 우지가 은 식기를 손에서 놓아두지도 않은 채 가서는 그의 조그만 엄마를 진짜 꽉 껴안았다. 우지의 엄마는 웃었고 우리가 키쉬케를 좀 더 원하는지 물어보았다. 그의 아버지가 또 서투른 농담을 하려고 했다. 여기에서 잠시 동안 나 자신의 부모님을 실제로 그리워하기 시작했다. 전에는 나를 돌게 했던 그들의 성가신 잔소리 때문에 세상을 떴지만 말이다.

5.
모르디와 겔판드의 동생이 설거지를 하다.

저녁 식사 후에 그들과 함께 거실에 앉아 있었다. 우지의 아빠가 TV를 켰다. 지겨운 명사 인터뷰 프로가 진행되고 있었는데, 그는 프로에 나온 모든 사람에게 계속해서 욕을 해댔다. 우지는 저녁 식사 때 포도주 한 병을 다 마셨고 긴 의자에서 정말로 뻗었다. 아주 피곤해졌고, 우지의 엄마는 신경 쓰지 말라고 말했지만 나와 우지의 동생 로니가 설거지를 하겠다고 말했다. 로니가 썻고 내가 말렸다. 그에게 어떻게 지내느냐고 물어보았는데, 왜냐면 그는 얼마 전에 세상을 떴기 때문이다. 적어도 처음에는, 이곳에 왔을 때 대개 아주 심하게 망연자실하기 때문이다. 그러나 로니는 그저 어깨를 으쓱하고는 괜찮다고 생각한다고 말했다. 그런 다음 그가 말했다. "우지가 아니었더라면, 오래 전에 이곳에 와 있었을 거야." 우리가 설거지를 다 하고 치웠을 때 로니가 정말로 괴상한 이야기를 해주기 시작했다. 언젠가, 그가 아마도 겨우 10살이었을 때, 텔아비브 축구팀 두 팀이 시합하는 걸 보려고 혼자서 택시를 탔다. 모자와 팀의 깃발 등 때문에 노란 색 팀에게 뽕 가 있었다. 그리고 그들은 시합 내내 상대방 골문 바로 앞에서 놀았다. 상대 녀석들은 공을 이어서 두 번도 패스를 할 수 없었다. 그런데 시합이 끝나기 8분전에 상대방이 오프사이드 골을 넣었다. 그건 두 말할 필요도 없었다. 그렇게 명백히 오프사이드였는데, TV에서 보여주는 즉시 재생 장면 같았다. 노란 팀이 주장하려고 했지만 심판이 골을 주었고 그걸로 끝이었다. 상대방이 이겼고, 그래서 로니는 완전히 약이 올라서 집에 왔다. 우지는 그 당시 몸매 가꾸기에 매달려 있었다. 그는 군대에 입대할 예정이었고 전투 부대에 지원하려고 마음을 완전히 굳혔다. 그런데 우지를 숭배하였던 로니는 줄넘기 줄을 가져다가 우지가 마당에 세워 놓았던 평행봉에다 묶고 올가미를 만들었다. 그런 다음 기말고사 같은 것 때문에 벼락공부를 하고 있던 우지에게 곧바로 오라고 소리쳤다. 그리고 시합에 관해서, 그리고 골에 관해서 그리고 얼마나 불공평했는지 등에 관해서 그리고 자신이 사랑하는 팀이 그런 대접을 받을 필요가 없을 때조차 바로 그런 식으로 지는 그렇게 불공평한 세상에서 살아가는 게 얼마나 그에게 의미가 없는지 전부 그에게 말했다. 그런데 우지에게만 말했는데, 왜냐하면 아마도 우지가 로니가 알고 있는 가장 똑똑한 녀석이었기 때문이다. 그래서 계속 살아가야 할 좋은 이유를 하나라도 우지가 그에게 줄 수 없다면, 그는 세상을 떠나려한다. 그게 끝이었다. 로니가 우지에게 이야기하는 내내 우지는 말 한 마디도 하지 않았다. 그리고 무언가 말해야 할 순서가 되었을 때인 그 뒤에조차 우지는 그저 침묵을 지켰다. 이야기하는 대신에 그는 한 걸음 앞으로 나와서 로니의 뺨을 아주 심하게 때렸는데, 그래서 로니가 2야드 뒤로 날아 가버렸다. 그런 다음 우지는 그저 뒤로 돌아서 벼락공부를 좀 더 하려고 자기 방으로 돌아갔다. 뺨 맞은 것을 극복하는데 꽤 시간이 걸렸다고 로니가 말한다. 그러나 그가 일어서자마자 곧 올가미를 풀고는 도로 갖다놓고는 샤워를 하러 갔다. 그런 뒤에는 삶의 의미에 관해서 우지에게 결코 다시 이야기하지 않았다. "그런 식으로 내 뺨을 때렸을 때 그가 나에게 이야기하려고 했던 바를 정확하게 뭔지 알지 못하겠어." 로니가 웃으며 말했고, 마른 행주에 손을 닦았다. "그러나 그게 뭐였든 간에, 군대 시절까지는 괜찮게 작동했어."

6.

모르디가 술집 순례를 중단하고 정신을 놓기 시작하다.

난 거의 2주 동안 술집 순례를 하지 않았다. 우지는 어쨌든 계속 와서는 내가 계집애들과 기분전환 거리를 어떻게 놓치고 있는지에 대해 귀찮게 굴었다. 우지가 더 이상 커트를 데리고 다니지 않겠다고 약속했지만, 여전히 나는 요지부동이었다. 3일 마다 한 번씩 우지가 새벽 3시에 나를 보러 오기까지 했는데, 혼자서 맥주를 마시고는 술집에서 내가 들어야 했을 재미있는 이야기나 그가 거의 엮을 뻔 했던 여종업원에 관해서 내게 이야기해주었다. 그는 결코 아무것도 빠뜨리지 않았는데, 어떤 아이는 학교를 빼먹었고 다른 아이는 숙제로 무엇을 해야 하는지 건너와서 그에게 이야기해주었다는 등이다. 그리고 그런 다음, 그가 떠나기 직전에 마약 기운이 떨어져 제정신으로 돌아오기 전에 에스프레소 커피를 마시러 나가자고 이야기하려고 했다. 나는 어젯밤에 그런 장소들에 질렸다고 그에게 말했으며, 어쨌든 우리는 어디서든 계집애들은 못 건질 것이고 나는 정말 지겨워졌다고 그에게 이야기했다. "어쨌든 마치 네가 지겹지 않은 것 같아." 우지가 계속했다. "네 자신을 봐. 비비처럼 매일 아침 TV 앞에서 무의미하게 보내잖아. 이걸 봐, 모르디. 아무 일도 벌어지지 않는다는 건 기정사실이야. 그러나 아무 일도 벌어지지 않는 동안, 적어도 계집애들과 음악이 있는 장소에 있는 거지 뭐. 맞아?"

그가 떠났을 때 독일인 룸메이트가 내게 빌려준 정말로 우울한 이 책을 읽으려고 노력했는데, 결핵에 걸려서 죽어가는 나날들을 보내려고 이탈리아에서 이곳으로 갔던 녀석에 관한 것이었다. 23쪽 읽은 뒤에 책을 던져버리고 TV를 켰다. 퀴즈 프로가 진행되고 있었는데, 출전자들은 똑같은 날짜에 세상을 떴던 사람들을 만나서, 그 이유를 말하게해야 하는데 재미있어야만하고 이기면 일등상품으로 무얼 할 것인지 말하게해야만 한다. 아마도 우지가 맞을 거라고 여겼다. 그저 집에서 무의미하게 보내는 것도 그리 멋진 일은 아니었다. 무슨 일이 벌어지지 않는다면 난 곧 돌아버릴 것이다.

7.

모르디가 우연히 강도를 격퇴하고 거의 보상을 받을 뻔하다.

그날 내가 강도를 격퇴해서 모든 게 변하기 시작했다. 거의 내가 꾸며내는 것 같이 들리는 걸 알지만 진짜로 벌어졌던 일이다. 슈퍼마켓에서 물건 사기를 거의 끝마칠 때였는데 빨간 머리를 하고 목에 깊은 흉터가 있는 그 뚱뚱한 녀석이 나와 정통으로 부딪혔는데, 즉석 냉동식품이 20개쯤 코트 속에서 떨어졌다. 우리는 둘 다 얼어붙었다. 그보다 내가 더 놀랐다고 생각한다. 우리 옆에 있던 계산원이 외쳤다. "사이몬! 여기로 건너와 봐, 빨리. 도둑이야! 도둑!" 그 뚱뚱한 녀석에게 미안하며 너는 정말로 뚱뚱하지 않아서 내 마음이 좋다고 이야기하고 싶었다. 내가 단지 생각한 것은 그가 코트 속에 있던 즉석 냉동식품들 때문이라고 다음에 들치기 할 때는 채소에 집중하라고 말하고 싶었다. 왜냐면 고기는 전자레인지 속에 있으면 언제나 축축해서 욕지기가 나기 때문이다. 그러나 나는 그저 어깨를 으쓱거렸고 그때쯤 아주 빼빼 마르게 보였던 그 뚱뚱한 녀석도 어깨를 으쓱거렸는데, 목이 부러진 사람만이 하는 식이었다. 그런 다음 그가 도망 가버렸다. 그 후 바로 뒤에 사이몬이 막대기를 휘두르며 달려와서, 바닥에 온통 흩어져있는 즉석 냉동식품들에게 그렇게도 정말로 슬픈 시선을 주었다. "어떻게 그가?" 손을 짚고 무릎을 꿇으면서, 반쯤은 나에게 그리고 반쯤은 그 장소에 온통 굴러다니는 냉동 완두콩들에게 그는 속삭였다. "도대체 이런 짓을 어떻게 할 수 있지? 들치기는 다른 문제야 그러나 어떻게 (저민 양고기나 쇠고기, 썬 가지를 번갈아 얹고 치즈·소스를 쳐서 구운 그리스·터키 요리) 무사카를 밟을 수가 있어?! 그래서 뭐가 좋은데?" 내가 그곳에서 나올 수 있기 전에, 계산원이 내게 난리였다. "여보세요, 운이 좋았어요! 여기 있어서 다행이었어요! 그를 봐, 사이몬, 이 사람이 도둑을 잡았어요." 그리고 사이몬도 그랬다. "멋져요." 그러나 그는 계속해서 으깨진 무사카를 응시하였다. "멋져요. 슈퍼딜 스토어가 당신에게 감사를 드려요. 당신이 친절하게 내 사무실에 들러서 이름을 남겨주신다면 말이죠……" 계산원이 끼어들었다. "그럴만한 가치가 있을 거예요. 보상이 있어요." 사이몬은 즉석 냉동식품들을 집어 올리고 손실을 계산하느라고 바빴다. 나는 계산원에게 미소를 지으며 아주 감사하다고 말했다. 그러나 신경 쓰지 마세요. 게다가 나는 어딘가 가야하고 기다릴 수가 없어요. "정말이세요?" 실망해서, 계산원이 물어봤다. 그녀가 정말로 마음이 아프다는 걸 알 수 있었다. "아주 괜찮은 보상인데. 호텔에서의 주말." 겔판드에게 말했을 때, 그는 거의 난리였다. "호텔에서의 주말?" 그는 법석이었다. "이것보다 더 명확할 수가 있겠어. 그 여자가 네게 꽂혔어." "정신 차려." 내가 말했다. "그건 그저 상점의 정책이야." 겔판드가 내 말을 무시했다 "그녀는 어떻게 생겼어? 끝내주냐?" "내 생각엔 괜찮아, 그런데……" 그가 주장했다. "그런데라는 말 하지 마. 다 불어. 몇 살처럼 보였어?" 내가 포기했다. "스물다섯." "눈에 띄는 흉터들은? 난도질한 표시들은? 총알구멍들, 같은 건?" "보이지 않던데." "줄리엣이네!" 겔판드가 감탄하며 휘파람을 불었다. 줄리엣은 나처럼 알약이나 독약으로 그 짓을 했던, 상처 없이 여기에 온 사람들을 위해 여기에서 사용되는 말이다. "젊고 그리고 줄리엣이고 그리고 끝내주기도 하고……" "그녀가 끝내준다고 말하지는 않았어." 내가 항의했다. "자, 자." 겔판드가 내버려두려고 하지 않았다. 그가 끔찍한 가죽 옷을 걸쳤다. "어디로 가?" 내가 시간을 벌려고 물어보았다. "슈퍼딜." 그가 선언했다. "우리에게 빚진 보상을 받으러 가자." "우리?" 내가 물었다. "자, 이봐. 잔소리 그만 해." 겔판드가 대장처럼 놀면서 명령했다. 그래서 내가 입을 다물고 갔다.

  슈퍼딜에는 새로운 교대조가 있었다. 사이몬과 그 계산원은 더 이상 거기에 없었다. 그리고 다른 사람들은 우리가 이야기하는 바를 몰랐다. 겔판드가 한동안 논란을 벌였지만 그게 정말로 방해가 되었다. 그래서 맥주를 마시러 갔다. 잉어수조 옆에서 하임을 만났는데, 그는 내가 아직도 살아 있었을 때 내 룸메이트였다. 내가 그를 여기에서 보리라고는 기대하지 않았던 건 확실하다. 내 말은 내가 만났던 인간 중에서 하임은 거의 가장 딱한 종류의 인간인데, 싱크대에 머리카락 한두 개가 있거나 그의 부드러운 백색 치즈를 조금 먹었다고 온통 화를 낼 수 있는 그런 종류의 룸메이트다. 그러나 세상에서 절대로 자살을 할 것이라고 기대할 수는 없는 인간이기도 했다. 그를 보지 못한 것처럼 하고 그저 계속 가려고 했지만 그가 나를 알아보고는 소리쳤다. 그래서 내가 멈춰서야 했다. "모르디! 우리가 언젠가 만나게 되리라고 희망하고 있었어." "안녕, 친구." 내가 억지로 미소 지었다. "하임, 뭔 일이야? 여기서 뭐해?" 하임이 중얼거렸다. "다른 사람들과 똑같아. 다른 사람들과 똑같지. 너와 관련되기도 해." 내가 물었다. "무슨 일 있었어? 내가 세상 뜨기 전에 부엌을 깨끗이 하는 걸 잊어버렸든가 뭐 그래?" 하임이 말했다. "너는 언제나 완전 웃겨, 모르디." 그리고 그런 다음 그가 4층의 우리 아파트에서 바로 밑에 있는 보도로 어떻게 창문으로 뛰어내렸는지 아주 자세히 설명하기 시작했다. 그가 계속 희망했던 전부는 바로 끝나버리는 것이었지만 한쪽으로 기울게 떨어져서 반쯤은 이웃집 차 위에 그리고 반쯤은 울타리 위에 떨어져서 끝날 때까지 여러 시간 걸렸다. 그게 나하고 무슨 상관이 있는지 아직도 모르겠다고 그에게 말했다. 정확히 나와 관계가 있는 건 아니지만, 어떤 점에서는 그렇다고 그가 말했다. 그가 말하면서 머리가 시리얼 선반에 닿을 때까지 머리를 활처럼 뒤로 하였다. "알다시피, 자살이 언제나 세 건씩 일어난다고 말하는 건 알지. 글쎄, 거기엔 뭔가 있어. 네 주변 사람들이 죽기 시작하면 도대체 뭐가 달라졌는지, 그리고 어쨌든, 뭐 때문에 계속 살아 있는지 물어보기 시작하잖아. 내게는 스커드 미사일처럼 들이닥쳤어. 내 말은 그저 내게 대답이 없었다는 거야. 그게 그렇게 너 때문이 아니라면 데지레 때문에 더 그래." "데지레?" 내가 끼어들었다. "응, 데지레. 네가 떠난 뒤 한 달쯤이었어. 너도 알거라고 확신하는데." 카운터 뒤에서 슈퍼딜의 노동자들이 잉어의 머리를 나무망치로 딱 때리고 있었다. 눈물이 얼굴을 타고 내려오는 게 느껴졌다. 여기에 온 이래로 한 번도 울어본 적이 없었다. "너무 심하게 받아들이지는 마." 하임이 말하며 땀에 흠뻑 젖은 손으로 나를 건드렸다. "의사가 말하기를 그녀는 아무것도 느끼지 못했데.

내 말 뜻을 알지. 금방 끝났다는 거야." "누가 그걸 심하게 받아들인데, 친구?" 나는 그의 이마에 키스했다. "그녀가 여기 있어, 알아? 내가 해야 할 일은 그녀를 찾는 거야." 겔판드에게 무언가를 설명하는 교대조 관리자의 등이 보였다. 겔판드는 고개를 끄덕이고 있었는데 다소 지루해하는 게 보였다. 우리가 어떤 보상도 받지 못할 거라는 걸 그도 마침내 알아냈다고 나는 짐작한다.

8.

우지가 모르디에게 삶에 관해 무언가를 가르치려다가
포기하다.

"살아있는 동안 그녀를 발견할 기회는 없어." 겔판드가 말
하며 혼자 맥주를 마셨다. "어떤 거든 걸게." "맥주겠지." 내
가 미소 지으며 계속 짐을 꾸렸다. "맥주." 겔판드가 따라 했
다. "얼마나 많은 놈들이 여기로 나오는지 알아, 이 멍청아?
단서도 없잖아. 이 빌어먹을 좁디좁은 장소에서 얼마나 오랫
동안 나와 네가 왔다 갔다 했는지는 모르지만, 아직 여기 있
는 사람들 반도 모르잖아. 그런데 어디에서 그녀를 찾을 거
야? 앞으로 다가올 왕국에서? 너의 이 게네비에브가 바로 옆
집에 살고 있을 수도 있어." "데지레." 내가 고쳐줬다. "데지
레, 게네비에브, 마리클레르. 차이점이 뭐야?" 겔판드가 테이
블 구석에서 맥주를 깠다. "그저 또 다른 멋진 사람이지." "맘
대로 해." 내가 대답하며 계속 짐을 쌌다. 내가 결코 원하지
않았던 것은 그와 싸움을 시작하는 거였다. "어쨌든, 어떤 종
류의 괴짜 부르주아 속물이 자기 애의 이름을 그런 식으로 짓
나? 들어봐, 모르디, 네가 정말로 그녀를 찾으면, 그녀의 엄
마를 소개해줘야 해." "약속해." 내가 손을 들었다. "보이스카

우트의 명예를 걸었어." "그런데 어디에서 찾기 시작할 거야?" 그가 물었다. 내가 어깨를 으쓱거렸다. "데지레는 언제나 도시를 증오한다고 말했어. 그녀는 어딘가 더 훤히 트인 곳에서 살기를 원했어. 알다시피, 개와 정원 등이 있는 곳 말이야." "그건 아무런 의미가 없는데." 겔판드가 쏘아붙였다. "계집애들은 언제나 그렇게 말해. 그런 다음 결국에는 얼간이 룸메이트와 함께 화려한 시내 동네에 있는 장소를 임대하지. 내가 말하건 데, 그녀가 바로 길모퉁이에 살고 있을 수 있어." "모르겠어. 그녀가 도시에 있지 않을 거라는 정말로 이렇게 강렬한 예감이 들어." 나는 재빨리 맥주를 들이켰다. "그걸 직감이라고 부르지. 우리가 그냥 차를 몰면 최악의 경우가 발생할 수 있어." "우리가?" 겔판드가 의심스러워하면서 물어봤다. "말하자면 그렇다는 거야, 그게 다야." 그를 안심시켰다. "멋진 사람을 발견하기 위해서 네가 나와 함께 갈 거라고는 결코 짐작하지도 않았어. 게다가, 알다시피, 너는 할 일이 많잖아." "이봐, 들어 봐." 겔판드는 여전히 고집했다. "똑똑한 척 하지 마." 내가 말했다. "안 그래. 그저 네게 말할 뿐이야. 정말로 네가 올 거는 기대하지 않아." "좋은 이유를 하나 대봐. 그러면 내가 그러지. 내가 멍청하거나 뭐 그래서 빠져야한다는 것 말고 말이야." "내가 그녀를 사랑한다

는 건 어때." 내가 시도했다. "아니, 너는 아니야." 겔판드가
고개를 저었다. "그건 꼭 너의 멍청한 자살 같아. 네 머리는
온통 단어들로 가득 차 있지." "엉터리가 아니야. 그리고 나
는 너의 자살이 천재적인 솜씨라고 생각하는데?" "너에게 반
대하려고 하는 게 아니야, 모르디. 난 단지 뭔가 이야기해주
려는 거야. 모르겠어. 그게 뭔지는 확실하지는 않아." 겔판드
가 내 옆에 앉았다. "이런 식으로 말해보자. 여기에 온 이래
로, 몇 번이나 같이 잤어?" "왜?" "그냥 왜냐면." "실제로 잔
거? 없어, 내 생각에는." "네 생각에?" "없었어." 내가 고백했
다. "그런데 그게 무슨 상관이야?" "많지. 네 눈동자에 정자
가 가득 차 있거든, 알아들어? 네가 보는 모든 게 회색이야.
네 정자 숫자가 너무 올라가고 네 머리의 두개골에 대한 압력
이 너무 세서 빌어먹을 우주 전체에서 누구도 전에 해본 적이
없었던 체외 유리遊離 경험을 네가 하고 있다고 생각하지. 마
약이 떨어져 너무 괴로워서 죽는게 가치가 있겠지. 모든 걸
버려두고 말이야. 갈릴리에서 살기 위해서 떠난다고 말이지.
전에 갈릴리에서 살아봤어? 알다시피 염소 똥과 하루에 한
번뿐인 버스뿐이야." "내버려둬, 우지. 알다시피, 나는 정말
이런 게 필요 없어." 내가 끼어들었다. "그저 차를 줘, 알았
어? 보험에 대해선 불평을 시작하지 마. 내가 어떤 것이든 부

수면 내가 돈을 낼 게." "갑자기 내게 까다롭게 굴지 마." 겔판드가 말을 내뱉으며 내 어깨를 툭툭 쳤다. "내가 했던 말은 좋은 이유가 충분히 없다는 거야. 내가 너와 같이 가지 않을 거라고 말하지는 않았어. 아마도 네가 옳겠지. 아마도 내가 그저 너에게 허튼 소리를 하고 있는 지도 몰라. 아마도 이 이르마가 정말로 특별한지도⋯⋯" "데지레야." 내가 그의 말을 다시 고쳤다. "알았어." 겔판드가 미소 지었다. "미안." "뭘 알아? 멋진 계집애와 사랑과 그 모든 걸 잊어버려." 내가 다른 식으로 시도했다. "네가 와야 할 또 다른 이유가 있어." "말해 봐." 겔판드가 빈 맥주병을 쓰레기통에 던지더니 흥미로운 소리를 하였다. "네게 더 나은 할 일이 있어?"

9.

두 친구가 데지레를 찾으러 나서고 그 대신 아랍사람들을 만나다.

겔판드가 그의 부모에게 매일 전화하겠다고 약속했고 바로 첫 번째 블록에서부터 당장 그가 전화를 찾기 시작했다. "마음 편히 가져, 친구." 내가 그에게 말했다. "너는 남미에 갔다 왔고, 인도에 갔다 왔는데, 덤덤탄으로 머리를 날려버렸지. 빌어먹을 여름 캠프에 온 보이스카우트처럼 놀지 마." "경고 하겠는데, 내 사례를 들지 마, 모르디." 겔판드가 으르렁거리며 계속 운전했다. "정확히 이 장소를 봐. 이 부근의 인물들을 주의해서 봐. 사실대로 말하자면, 내가 왜 너와 왔는지 모르겠어." 바깥의 사람들은 우리 동네 사람들과 아주 똑같이 생겼는데, 눈들이 다소 침침했고 다리를 질질 끌었다. 유일한 차이점은 겔판드가 그들을 모른다는 것인데, 그게 그로 하여금 편집병(사람들이 자기를 근거없이 해칠거라고 두려워하고 믿는 병)적이 되게 하는데 충분하였다. "나는 편집병적이지 않아. 알겠어? 그들은 모두 아랍사람들이야." "그들이 아랍사람인들 그게 어때서?" 내가 물었다. "그래서 뭐? 모르겠어. 아랍사람들, 자살들, 그런 게 너를 아주 조금이라도 불안하게 하지 않니?

만약 그들이 우리가 이스라엘 사람들이라는 걸 짐작해낸다면 어떻겠어?" "내 짐작엔 그들이 우리를 다시 죽이겠지. 그들이 별다른 짓을 할 수 없다는 걸 네 대가리에 넣을 수는 없어? 그들은 죽었어. 우리는 죽었어. 코미디는 끝난 거야." "모르겠어." 겔판드가 중얼거렸다. "나는 아랍사람들을 좋아하지 않아. 그건 정치조차도 아니야. 뭔가 인종적인 거야." "말해 봐, 우지. 인종차별주의자가 아니라도 충분히 힘들잖아?" "난 인종 차별주의자는 아니야." 겔판드가 꼼지락거렸다. "그저…… 그거 알아? 아마도 내가 조금은 인종 차별주의자겠지. 그러나 아주 조금뿐이야." 날이 어두워지고 있었다. 겔판트의 낡아빠진 시보레의 헤드라이트는 오래 전에 망가져버려서, 우리는 밤엔 멈춰서야했다. 그가 안에서 문을 잠갔고 차 안에 잠자리를 만들었다. 좌석을 뒤로 움직였고 곧 푹 잠들 것처럼 자세를 취했다. 이따금씩 우지가 뒤척이고 돌아서는 움직임을 계속해서 했다. 그건 실제로 측은해보였다. 한 시간 뒤에, 그도 견딜 수가 없었다. 그가 의자의 등을 올리더니 말했다. "자, 가서 술집을 찾아보자." "아랍사람들은 어쩌고?" "빌어먹을 아랍사람들." 그가 말했다. "일이 정말 잘못되면, 그렇게 되라지 뭐. 군대에 있었을 때처럼 말이야." "너는 군대에 있어본 적이 없잖아." 내가 그에게 기억을 상기시켰다.

"너는 병역 면제자였어. 그런 게 드러나." "차이점이 같아." 우지가 시보레에서 나왔고 문을 쾅 닫았다. "그들이 어떤 짓을 하는지 TV에서 봤어."

10.

우지가 군대에 갔다 오지 않은 걸 후회하고 죽은 녀석들이 냉정을 잃는 게 얼마나 어려운지 발견하다.

우지가 옳다는 게 증명되었다. 정말로 아랍 동네였다. 그러나 나도 옳았다. 왜냐하면 우리가 이곳에 있기 전에 어떤 여권을 갖고 있는지 그들은 신경 쓰지 않았기 때문이다. 그들의 술집은 진이라고 불렸는데, 그건 알라딘의 등불에 나오는 것 중 하나인 지니에 관한 연극이라고 여겨졌다. 스카치위스키를 취급할 수 없을 때 계집애들과 얼간이들이 토닉과 함께 마시는 것〔진〕이다. 우지가 서투른 말장난이라고 말했지만 "스티프 드링크"보다는 어떤 것도 더 좋게 들린다는 게 사실이다. 우리는 술집에서 앉았다. 바텐더는 복수심 때문에 세상을 떠서 결국 산산조각이 났었던 게 틀림없어 보였다. 우지는 영어로 말하려 했지만 그 녀석이 억양을 즉시 알아차리고 고리타분한 헤브라이어로 대답했다. "병은 없고 생맥주만 있어요." 그가 단조롭게 말했다. 그의 얼굴은 누군가 시작했다가 중간에서 포기했던 퍼즐 게임 같았는데, 코의 왼쪽에 코밑수염의 일부가 있었고 오른쪽에는 아무것도 없었다. "그럼 생맥주 좀 줘요, 형제여." 우지가 말하며 어깨를 툭 쳤다. "멋진

보안군을 위해서 마시자, 자네 무하메드." "나세르." 바텐더
가 빳빳하게 수정을 하며 유리잔을 가득 채우기 시작했다.
"보안군 등은 무슨 상관이요? 군대에 있었어요?" 그가 따르
면서 물어보았다. "물론." 우지가 거짓말을 했다. "비밀 부
대…… 매일매일 삼년 내내 전투식량이었어!" 나세르가 우지
에게 맥주를 건넸다. 그가 내게 갖다 주면서 속삭였다. "그는
거기에 없었어요, 당신 친구요, 그렇죠?" "그렇게 말할 수도
있을 것 같아." 내가 미소 지었다. "신경 쓰지 마세요." 나세
르가 나를 안심시켰다. "그건 그가 그렇기 때문이죠. 단어가
뭐더라? 저항할 수 없기 때문이죠." "그 녀석은 비현실적이
야!" 우지가 말하며 한 번에 반잔을 넘겼다. "나, 저항할 수
없지!" "그는 정말로 결코 군대에 있지는 않았고 군대가 그를
먹어 없애는 중이지." 내가 설명했다. "정말 나는 그래." 우지
가 주장했다. "나는 심지어 재입대까지 했었어. 총……" 그가
말하며 관자노리의 구멍을 가리켰는데 그가 권총을 쏠 것 같
은 모습이었다. "내 병역 무기였지. 말하자면, 나세르, 너는
어떻게 해서 상점 문을 닫았어?" 우지가 싸움을 걸려고 노력
하는 게 명백했는데, 이 근처에서 결코 질문하지 않기로 되어
있는 게 하나 있다면 그건 어떻게 세상을 떴느냐 이기 때문이
었다. 그러나 이 녀석 나세르는 너무 피폐해서 우지조차 그를

활기있게 할 수 없었다. "우르르 꽝!" 그가 희미하게 미소 지으며 그의 난도질된 몸을 약간 비비꼬았다. "알겠어?" "제기랄." 우지가 말했다. "우르르 꽝! 얼마나 많이 데리고 갔어?" 나세르가 고개를 저으며 자신을 위해 보드카를 따랐다. "내가 어떻게 알 수 있겠어?" "농담하냐." 우지는 아주 부들부들 떨었다. "너는 한 번도 물어보지도 않았어? 누군가 당신을 따라서 여기에 와 있는 게 틀림없는데." "그런 건 물어보는 게 아니야." 나세르가 말하고는 보드카 한 잔을 들이켰다. "그게 어디에서 그리고 언제였는지 말해줘." 우디가 들볶았다. "만약 내가 당신을 따라왔다면, 아마도 얼마나 사람이 많았는지 말해줄 수 있었을 텐데……" "그만둬." 나세르가 잠시 몸이 굳어졌다. "뭐 때문에?" "이봐요." 내가 화제를 바꾸려고 수단을 강구했다. "오늘밤 여기는 만원이네." "응, 다이너마이트 아저씨." 나세르가 미소 지었다. "매일 밤 이런 식이야. 문제는 언제나 모두 사내들이라는 거야. 어쩌다가 한 번씩 한두 명의 계집애들이 있지. 아마도 관광객이지만 거의 없어." "말해봐." 우지가 밀어붙였다. "당신네 사람들이 일을 할 때 그들이 다가올 왕국에 색이 오른 70명의 처녀들을 약속한 게 사실이지? 전부 다 너에게 말이야?" "물론, 약속했지." 나세르가 말했다. "그런데 내가 뭘 갖고 있는지 보라고. 미적지근

한 보드카야." "그러니까 결국에는 그저 당한 거네, 응, 나세르." 우지가 싱글거렸다. "확실해." 나세르가 고개를 끄덕였다. "그런데 너, 그들이 네게는 무엇을 약속했었어?"

11.

모르디가 자기와 데지레가 긴 의자를 사는 꿈을 꾸고는
별안간 깨어나다.

그날 밤, 차 안에서, 나는 데지레와 내가 긴 의자를 사고 있
는 꿈을 꾸었는데, 상인은 우지가 계속 들볶았던 술집의 아랍
사람이었다. 그는 우리에게 온갖 종류의 긴 의자들을 보여주
었는데 우리 둘이 다 좋아하는 걸로 결정할 수가 없다. 데지
레가 원하는 것은 정말로 컸는데 쿠션이 붉은 것 등이었고 내
가 원하는 건 다른 건데 정확하게 무엇인지 기억을 할 수 없
다. 그리고 상점 바로 그곳에서 논쟁을 하기 시작했다. 우리
가 그냥 그것을 토론하고 있지는 않았다. 우리는 고함을 지르
고 있었다. 그리고 점점 더 심해져서, 우리는 정말로 상처를
주는 말을 하기 시작했는데, 그런 다음 꿈속에서 갑자기 내가
마음을 잡고는 그만 두었다. "싸우지 말자." 내가 말했다. "그
건 중요한 게 아니야. 단지 바보 같은 긴 의자, 그게 다야. 유
일하게 중요한 건 우리가 같이 있는 거야." 그리고 내가 그 말
을 할 때 그녀가 미소 짓는다. 그런 다음 미소를 되돌려주는
대신에 난 차에서 잠이 깨었다. 우지는 내 옆에 있는 의자에
있는데 잠을 자면서 뒹굴고 돌아눕고 있다. 꿈속에서 그에게

귀찮게 구는 온갖 사람들에게 악담을 하고 있었다. "이제 그만해!" 정말로 너무 심하게 하는 사람에게 그가 말하고 있었다. "한 마디만 더 하면 머리에 진흙 파이를 맞을 거야." 꿈 속의 그 녀석이 그저 계속 했다고 짐작이 되는데, 왜냐하면 우지가 일어나서 운전대 살을 잡으려고 시도했기 때문이다. 그도 깨어나자, 우리는 창문을 열고 담배를 피웠다. "내일 아메리카 인디언의 천막식 오두막집이나 빙설로 만든 에스키모인의 반구형 집을 구하든가 아니면 무엇이든 야영장비점에서 파는 플라스틱으로 된 것을 구해야겠어." 우지가 선언했다. "텐트." 내가 말했다. "응, 텐트. 차에서 자는 건 이게 마지막이야." 우지가 담배를 한 번 더 빤 다음에 창문 밖으로 공초를 던졌다. "그 녀석은 괜찮았어. 실제로, 술집의 그 아랍사람 말이야. 맥주는 엉망이었지만 그 나세르는 아주 영리했어. 내가 무슨 꿈을 꾸고 있었는지 알아?" "응." 내가 말하고 담배의 남은 부분을 깊이 들이마셨다. "너는 그의 머리에다 허풍을 떨고 있었어."

12.

녀석들이 여자애를 차에 태워주고는 대화를 하려고 시도하다.

다음날 아침 나와 우지는 히치하이킹 하는 이 사람을 태웠는데, 멈추고 생각해본다면 약간 괴상하다. 왜냐하면 이 부근에서는 누구도 히치하이킹을 하지 않는다. 우지는 먼 거리에서 그녀를 점찍었다. "맙소사! 대단하네." 그가 숨을 죽이고 중얼거렸다. "줄리엣인가?" 내가 눈을 반쯤 감으며 물어봤다. "보석 같은 줄리엣이네!" 그가 아주 신이 나서 말했다. "맹세컨대, 모르디, 저런 영계라면, 우리가 이곳에서 그녀를 보지 못했었다면, 난 그녀가 스스로 세상을 떴다고 결코 짐작할 수는 없을 거야." 우지가 발정을 할 때면 언제나 과장되게 떠들지만, 이번에는 정말로 딱 들어맞았다. 이 부근에서는 많이 볼 수 없는 그런 생명이 그녀의 눈에 가득했다. 우리가 그녀를 지나친 뒤에, 백미러로 계속 쳐다보았다. 검은 머리가 길고 히치하이커들이 사용하는 배낭을 메고 있었다. 그런데 갑자기 그녀가 엄지손가락을 치켜 올리는 걸 보았다. 우지도 그걸 보았고 브레이크를 밟았다. 우리 뒤에 있던 차가 거의 우리의 머리를 강타할 뻔 했지만 가까스로 마지막 순간에 우리를 빗겨나가는 데 성공했다. 우리가 그녀 바로 옆에 있게 될 때까지, 우지가 뒤로 갔다. "타쇼, 누이." 그가 완전히 멋지게 들리도록 노력하면서 말했지만 제대로 먹히지 않았다. "어디로 가세요?" 그녀가 의심스럽다는 듯이 물어보았다. "동쪽이요." 내가 말했다. "동쪽 어디요?" 그녀가 배낭을 뒷좌석에 던져 넣고 타면서 다시 물어보았다. 내가 어깨를 으쓱하였다. 너는 "어디로 가고 있는지 조금이라도 아니?" "이곳에 오래 있지 않은 것 같은데." 우지가 웃었다. "왜 그래요?" 약간 열 받아서 그녀가 물어보았다. " 왜냐하면 그렇지 않으면 지금쯤이면 여기 있는 누구도 짐작하지 못한다는 걸 알아차렸을 테니까요. 아마도 우리가 안다면, 무엇보다도 우리가 여기에 있지 않겠죠." 그녀의 이름은 리히였다. 그리고 그녀는 자기가 정말로 방금 이곳에 도착했으며 책임자를 찾아야 하기 때문에 내내 엄지손가락을 들어 차를 타고 다니는 중이었다고 이야기했다. "책임자라니?!" 우지가 웃었다. "당신은 이곳이 뭐라고 생각해요. 사무실로 갈 수 있는 빌어먹을 컨트리클럽이라고요? 이 장소는 당신이 세상을 뜨기 전과 거의 똑같아요. 약간 더 나쁘지요. 어쨌든, 당신이 아직도 살아 있었을 때 한 번이라도 신을 찾은 적이 있었어요?" "아뇨." 리히가 말하며 내게 껌을 주었다. "그러나 정말로 그럴 이유가 없었어요." "그런데 지금은 무슨 이유가 있나요?" 우지가 웃으며 껌도 받았다. "당신이 그런 짓을 해서 유감인가요? 왜냐하면 만약 그렇다면 당신이 알기 때문이지요. 그리고 당신이 배낭 등등 전부 준비하고 누군가가 집으로 돌아가는 비자를 당신에게 건네줄 걸 그저 기다리고 있다면……" "말해 봐요." 우지가 정말로 말하기를 시작하려는데 내가 들이밀었다. "엄지손가락을 들기 전에 우리가 지나갈 때까지 왜 기다렸어요?" "몰라요." 리히가 어깨를 으쓱했다. "당신네들과 히치하이크를 해서 차를 타고 싶은지 확신을 갖지 못했다는 생각이 드네요. 멀리서 보았을 때 당신네들은 좀 그런 것 같이 생겼다고 생각했어요." "무슨 뜻이죠?" 우지가 넌지시 말했다. "아니요." 리히가 거북한 듯이 미소 지었다. "역겨운 사람들이요."

13.

모르디가 희망을 계속 잃지 않으며, 우지는 계속 불평을
하고 리히는 소매를 계속 내리고 있다.

리히를 태운 지 5일이 지났다. 우지는 아직도 계속해서 동
전을 따로 간직하고는 하루 종일 공중전화 박스를 찾고 있다.
적어도 한 시간 동안 그가 부모에게 이야기하지 않고는 빌어
먹을 하루도 그냥 지나가는 적이 없다. 나와 리히가 그걸 가
지고 그를 놀려댔지만 그는 아주 완고했다. 적어도 그는 보험
에 관해서 우리를 귀찮게 하는 건 중단했다. 그래서 이제는
우리 셋이서 돌아가며 운전을 할 수 있다. 헤드라이트가 작동
을 하지 않았기 때문에 밤에는 운전을 할 수 없지만 아주 즐
겁게 지내고 있다. 어쨌든 모든 게 언제나 시들어가는 것 같
지만, 우리 주변에서 도시가 점점 더 줄어들고, 사람들이 적
어지고, 하늘이 더 넓어지고, 정원이 있는 작은 집들이 더 많
아진다. 텐트는 아주 좋은 거래였고 그것에 익숙해지기 시작
하고 있다. 매일 밤 나는 데지레와 싸우는 그런 바보 같은 꿈
을 꾸고, 매일 밤 화해를 하고, 갑자기 깨어난다. 우지는 우리
가 그녀를 전혀 찾을 길이 없다고 내게 이야기하지만, 내가
포기할 때까지 계속 신경을 쓰지 않는다. 그는 리히가 주변에

있을 때 데지레에 관해서 언제나 일부러 말한다. 리히는 내게 정말로 기회가 있을 거라고 생각하지만 어쨌든 우지는 데지레에 관해서는 생각을 많이 하지는 않는다. 어제 오줌을 누려고 멈췄을 때 그녀가 우리와 합류한 이래로 모든 게 정말로 힘들어졌다고 그가 불평을 하기 시작했다. "너도 알다시피, 어쨌든 우리들 중 누구도 그녀를 구워삶을 수는 없을 거야." 그가 말하면서 억지로 오줌을 짜냈다. "그러나 적어도 우리들끼리만 있을 때는 험담할 수도 있잖아." "네가 원하는게 험담하는 거냐." 내가 말했다. "누가 너를 말리겠어?" "기본적으로 네가 옳아." 우지가 인정했다. "하지만 마음 깊숙이 우리 모두 알잖아. 여자애가 주변에 있으면 삽질하는 것조차도 똑같지 않아. 어쨌든 뜻한 바대로 제대로 들리지 않고 모두 다 더 헛소리처럼 들리거든." 우리가 차로 돌아갔을 때, 내가 운전대를 잡았다. 이 시간 내내 리히는 뒷좌석에서 땀을 흘리며 잠들어 있었다. 우리가 그녀를 태운 때부터 그녀가 소매가 짧은 옷을 입고 있는 걸 결코 본 적이 없었다. 우지는 그녀가 손목을 그었다는 데에 시보레를 걸겠다고 말했지만, 그녀가 어떻게 그리고 왜 세상을 떴는지 등을 그녀에게 물어볼 배짱은 우리들 중 누구에게도 없었다. 그건 그리 문제가 되지 않았다. 그녀가 잠들어 있을 때 그녀는 귀여웠는데, 평화로운 존재 같았다. 내 의견을 묻는다면 그건 별난 방식인데, 책임자를 찾는데 대한 집념을 제외한다면 그녀는 멋있다. 우지는 계속해서 원하는 대로 모든 것을 불평할 수는 있지만 나 개인적으로는 그가 그녀에게 감정이 있다고 생각한다. 아마도 그게 그가 그쯤 해두지 못하는 진짜 이유일 것이다. 그래서 나는 이해하지 못하겠다. 사실은, 가끔 내 자신도 그걸, 아마도 내가 결코 데지레를 찾지 못할 것이며, 아마도 리히가 나하고도 약간 사랑에 빠질 지도 모른다고 생각하는데, 곧바로 재빨리 그런 생각에서 벗어난다. 게다가 데지레가 정말로 가까운데 있다는 그런 예감이 든다. 우지는 그건 허풍 다발이고 그녀는 아마도 멀리 반대쪽에 있으며, 그녀가 어디에 있든지 간에 그녀가 지금쯤이면 다른 사람, 아마도 거시기에다 묶어서 자살을 한 검둥이 녀석과 엮여 있을 거라고 말한다. 그러나 나는 그녀가 얼마나 가까이 있는지, 그리고 내가 그녀를 어떻게 발견할 것인지 실제로 냄새를 맡을 수 있다. 단지 여기서 사귄 절친한 친구가 아주 초조해한다는 이유만으로 나도 초조해할 필요는 없다는 것을 의미한다.

14.
기적으로 시작하고 위기일발로 끝나다.

그날 저녁, 우리가 멈출 장소를 찾기 시작할 바로 그때, 아주 괴상한 일이 벌어졌다. 리히가 운전대를 잡고 있을 때 갑자기 이 트럭이 우리를 지나가려고 했다. 그 녀석은 경적을 눌러 우리를 아주 겁나게 했다. 트럭이 지나가게 하려다 리히가 미끄러지며 도로를 벗어났다. 그러나 그런 다음 그녀가 도로로 돌아오려고 신호를 켰을 때, 너무나도 갑자기 헤드라이트가 들어왔다. 뒷좌석에 앉아 있었던 우지는 아주 흥분한 것 같았다. "너는 정말로 믿을 수 없어! 너는 천재야!" 그가 말했다. 그녀에게 너무 심하게 키스를 해서 그녀가 운전대를 거의 놓칠 뻔했다. "너는 자동차의 플로렌스 나이팅게일이야. 아니 나이팅게일 잊어버려. 너는 마리 퀴리야. 너는 골다 메이어야." "덤비지 말아요, 응." 그녀가 웃었다. "그저 헤드라이트일 뿐이야." "헤드라이트일 뿐이라니?!" 우지는 그녀에게 유감인 듯이 리히를 쳐다보았다. "맙소사, 너는 너무 순박해. 네가 순박한 건지 아니면 명석한 건지 어느 쪽인지 모르겠네. 이 오래된 자동차의 보닛 밑에 얼마나 많은 정비사가 들어갔었는지 넌 모르지? 정비사들은 잊어버려. 핵 기술자들, 중장

비의 전체론적 치료사들, 눈을 가리고 20초 안에 맥 디젤 엔진을 분해했다가 다시 조립할 수 있는 사람들 등등도 고칠 수 없었는데, 네가 여기에서 한 거야." 그는 그녀의 목을 마사지하고 있었다. "내 천사 천재야." 내가 앉아 있는 곳에서 보니 우지가 그때쯤 약간 얼은 것 같아 보였고 막 이 기회를 이용해서 그녀를 계속 만지고 있었다. "이게 뭘 의미하는지 알아?" 내가 말했다. "이건 이제 우리가 밤에 계속해서 운전할 수도 있다는 걸 의미해." "정말이야!" 우지가 말했다. "그리고 너무나도 아름다운 이 헤드라이트를 달고 우리가 가는 첫 번째 장소는 취하는 곳이지." 우리는 계속 가면서 술집을 찾았다. 일단 마을 밖으로 나가니, 주위가 아주 고요했다. 반시간 정도마다 햄버거 가게나 피자 가게의 간판을 지나가곤 했다.

4시간 뒤에 우지가 찾았는데, 우리는 아이스크림과 냉동 요구르트를 파는 이 장소에서 축하를 하기 위해서 멈췄다. 우지는 그들이 갖고 있는 것 중에서 알코올에 가장 가까운 게 무엇인지 물어보았고, 여종업원이 버찌 증류주 아이스크림이라고 말했다. 그녀의 이름표를 엿보고서는 우지가 말했다. "이봐요, 산드라. 정말로 취하려면 얼마나 많은 아이스크림 콘을 먹어야 된다고 생각해요?" 이름표에서 그녀의 이름 밑에 회사의 약호가 있는데 광대의 모자를 쓴 바다표범이 자전

거를 타고 있었다. "낮은 가격에 높은 맛을"이라는 회사 좌우
명이 그 밑에 있었다. "몰라요." 산드라가 어깨를 으쓱거렸
다. "그럼 확실하게 하기 위해서 10파인트를 줘요." 우지가
말했다. 산드라가 용기에 담았는데 정말 잘했다. 그녀는 지친
것처럼 보였지만 마치 거의 계속해서 놀란 것처럼 내내 눈을
크게 뜨고 있었다. 무엇 때문에 그녀가 세상을 떴는지는 모르
지만, 갑작스러운 것임에 틀림없었을 것이다. 차로 오는 길
에, 리히가 노동자들이면 기억해야 할 온갖 것의 목록이 적힌
이 포스터 옆에서 멈춰 섰다. 고객들에게 친절할 것. 화장실
을 사용한 뒤에는 손을 씻을 것. 그런 것 등등이었다. 카미카
제에도 그런 게 하나 있었는데 변소 바로 옆에 있었다. 그런
데 오줌을 눌 때 나는 결코 손을 씻지 않았다. 이유는 없었다.
그저 내 나름대로 하고 싶은 마음이었다. "이런 장소들은 정
말로 나를 우울하게 만들어." 리히가 차에 돌아와서 말했는
데, 우리가 아이스크림을 좀 먹은 뒤였다. "무언가 예상치 않
았던 일이 벌어질 거라는 희망섞인 생각이 들어요. 무언가 작
은 것 일지라도 말이지요. 이름표를 거꾸로 달거나 모자를 쓰
는 걸 잊어버리거나 그냥 '한 번 봐주세요. 여기 음식은 정말
로 엉망이지요.'라고 하는 종업원처럼 말이지요. 그러나 그런
일은 실제로 결코 일어나지 않지요. 내 말 뜻을 알겠어요?" 우

지가 아이스크림을 그녀로부터 잡아챘다. "솔직히 말해서, 정말로 그렇지는 않아. 내가 운전할까?" 그가 새 헤드라이트 등등을 갖춘 운전대를 잡고 싶어 죽겠다는 걸 알 수 있었다. 그가 인계받은 뒤에 1마일도 되지 않아서 오른쪽으로 날카로운 회전이 있었는데, 바로 오른쪽 너머에 길 한 가운데에서 손발을 아무렇게나 쭉 뻗고 깊이 잠들어 있는 키가 크고 안경을 쓴 마른 이 녀석이 있었다. 우지가 도로를 오른쪽으로 벗어나서 나무 한 그루에 차가 박힌 뒤에조차 그는 계속해서 정말로 코를 골았다. 우리가 차에서 내렸다, 아무도 다치지는 않았지만, 시보레는 완전히 파손되었다. "이봐요, 당신." 그 녀석에게 달려가서 그를 흔들어대면서 우지가 소리쳤다. "당신 미친 거 아니야?" "반대로도 같지요." 그가 말했다. 1초도 안 된 것 같은데, 그 녀석이 완전히 깨어나더니 일어섰다. 그는 우지에게 손을 내밀었다. "나는 라파엘이요. 라파엘 크넬러. 하지만 당신네들은 나를 라피라고 불러도 되요." 우지가 그의 손을 잡지 않으려 하는 걸 알았을 때 그가 곁눈질로 보더니 물어봤다. "이게 무슨 냄새야? 아이스크림 같은데." 그리고 바로 그 뒤로는 대답을 기다리지도 않았다. "우연이라도 이 근처에서 개 한마리를 본 적이 없죠, 그렇죠?"

15.

크넬러가 많은 호의을 베풀고 편집증세를 좀 보인다. 그
리고 자기 집이 왜 실제로는 캠프가 아닌지 설명하다.

우지가 마음을 약간 가라앉힌 뒤에, 우리는 차를 점검했는
데 차가 완전히 파괴되었다는 걸 알았다. 크넬러는 일이 벌어
져서 그리고 그게 모두 자기 잘못이었기 때문에 마음이 아주
어지러워졌다. 그는 어쨌든 자기 집에서 무료로 묵기를 원한
다고 말했다. 그는 가는 길 내내 재잘거리기를 멈추지 않았
다. 그리고 한 걸음씩 걸을 때마다 마치 많은 다른 장소로 한
꺼번에 가기를 시도하지만 마음을 정할 수 없는 것처럼 그의
몸이 온갖 방향으로 갔다. 하나는 확실했는데, 이 크넬러는
완전히 미친 것처럼 보이지만 해롭지는 않았다. 그는 아기의
엉덩이처럼 얼마쯤 신선하고 순진한 냄새조차 났다. 저런 녀
석이 스스로 세상을 떠나는 걸 그려볼 수가 없었다. "이 시간
에는 보통 나와 있지 않지만, 내 개 프레디를 찾고 있었어요.
그 놈을 잃어버렸어요. 우연이라도 그놈을 보았나요? 방금
막 갑자기 이 근처의 모든 평화와 정적이 내게 정말로 몰려들
기 시작했어요. 자, 무얼 기대하시겠어요? 모두 밖에 나가 숲
에서 한가롭게 지내기를 좋아하지요. 내 말은 거대한 들판같

은 데에서 말이지요." 크넬러가 손을 많이 휘저으면서 설명하려고 노력했다. "하지만 왜 그런 식이었죠? 빌어먹을, 왜 씨발 놈의 도로 한가운데에서? 당신이 물어본다면, 내 말은 씨발 무책임하다는 거에요." "내 짐작엔 너무 많은 기분전환약 때문에요." 그가 우리에게 윙크하고서는, 우지가 이제 정말로 열 받았고 아주 짜증이 나 있는 것을 알자 그가 재빨리 덧붙였다. "형이상학적으로 말하자면 말이죠. 누구도 정말로 이 근처에서는 마약을 하지 않아요." 크넬러의 집은 유치원에서 그리곤 하였던 바로 그 우스운 작은 집들 같아 보였다. 빨간 지붕과 굴뚝이 있었고, 마당에 푸른 나무가 있었고 유리창에는 노르스름한 불빛이 있었다. 문간에는 엄청난 표지판이 있었는데 굵은 대문자로 임대함이라고 그리고 바로 그 위에 파란 페인트로 **크넬러의 행복한 캠프 생활자들**이라고 *끄*적거려 있었다. 이 집이 정말로는 임대를 위한 것은 아니고, 실제로는 한 번 임대로 사용된 적이 있었지만, 그때 자기가 와서 임대를 했던 것이라고 크넬러가 우리에게 이야기했다. 그리고 그가 캠프를 운영하는 것조차도 아닌 것 같다. 그건 단지 농담인데 아주 재미있는 것도 아니었고 그의 친구 하나가 만들어냈다는 것이다. 이 친구는 그와 오랫동안 같이 살았었는데, 계속해서 오는 온갖 사람들과 크넬러가 그들을 위해 만들어내는 온갖 재미있는 것들 때문에, 이 장소가 일종의 캠프 같다고 그가 생각했던 것이다. "아이스크림이 보일 때까지 기다려요." 그가 미소 지었고, 리히가 안고 있는 용기를 가리켰다. "얼룩이 지려고 해요."

16.

리히가 작은 기적을 행하고 우지는 에스키모인과 사랑
에 빠지다.

우리가 이곳에 온지도 거의 한 달이 되었다. 크넬러는 그의
개 프레디가 돌아오지 않을 작정이라는 생각에 익숙해지기
시작한다. 겔판드가 주문한 견인 트럭 또한 결코 나타나지 않
을 것 같아보였다. 첫 주 동안에는 우지가 여전히 모두를 미
치게 만들었고, 집으로 돌아가는 방법을 궁리한다고 온갖 전
화번호를 돌려댔다. 그러나 그런 다음 그가 이 에스키모 인을
만났다. 그녀는 훨씬 귀엽고 우지의 성격을 알아차리기에는
너무나도 멀리 떨어진 곳 출신이었다. 그들이 이야기 거리가
된 이래로 그는 이곳에서 나가려는데 덜 목을 매었다. 아직도
그의 엄마와 아빠에게 매일 전화를 걸기는 하지만, 이제는 주
로 그녀에 관해 이야기한다. 처음에는 이 장소가 내게도 정말
로 괴로웠는데, 온갖 곳 출신인 응원단장 유형 사람들에게도
그랬다. 그들은 세상을 떠난 뒤에야 이 장소가 실제로 대폭발
의 뒷면이라는 사실을 발견하게 된다. 유나이티드 컬러 어브
베네통과 스위스 패밀리 로빈슨 사이의 잡종 같은 것이다. 하
지만 이곳 사람들이 정말로 좋다. 다소 멍했지만, 섬광이 많

지는 않을지라도 그들이 갖고 있는 작은 섬광을 최대한 발휘하려고 최선을 다한다. 그다음 크넬러가 있는데, 오케스트라를 지휘하는 것처럼 손을 흔들고 있고 이곳을 너무 좋아한다. 내가 고등학교 다닐 때 우리는 물리학 책에서 건물의 지붕 위에서 떨어지면 얼마나 걸리는지 알아보려고 스톱워치를 사용하는 소위 마법 씨라는 이 녀석에 관한 질문이 있었다고 내가 리히에게 이야기했다. 그가 어떻게 생겼는지 거기에서는 말해주지 않았지만, 어쨌든 크넬러처럼 그를 그려보았다. 정말로 들어가는 길이 있으면 나오는 길이 있다. 리히는 물리학 질문이 어떻게 끝났는지 내게 물어보았는데, 나는 기억할 수 없다고 이야기하였다. 어쨌든 끝에 가서 마법 씨가 무사하다는데 판돈을 걸겠어. 왜냐하면 그건 아이들을 위한 물리학 책이니까 말이다. 아마 그게 사실일 거라고, 그런 다음 그건 크넬러임이 틀림없다고, 왜냐하면 그녀는 그가 건물 지붕에서 걸어 내려오는 걸 쉽게 그려볼 수 있지만, 그가 실제로 땅에 부딪치는 걸 볼 수 있는 방법은 없었다고 리히가 내게 이야기했다.

다음날 아침 그를 도우려고 정원으로 따라 나갔다. 지금까지는 잡초 외에는 어떤 것도 키우는 데 성공하지 못했다. 우리가 잠시 동안 일한 뒤에, 리히가 물을 받으려고 수도꼭지를 열었는데 물 대신에 셀처 탄산수가 나왔다. 리히와 나는 그 일에 아주 흥분했지만 크넬러는 무감각했다. "신경 쓰지 말아요." 그가 무심하게 말했다. "이 근처에서는 언제나 벌어지는 일이지요." "무슨 일이요?" 내가 물어보았다. "그런 일들이." 크넬러는 계속해서 꽃밭에 괭이질을 했다. "기적들이요?" 내가 물어보았다. "알다시피, 라피, 리히가 물을 포도주로 바꾼 건 아니지만 거의 비슷한 거였기 때문이지요." "비슷하지도 않았어." 크넬러가 말했다. "그거에 이름 붙이고 싶어요? 그걸 기적이라고 부르세요. 그러나 대단한 건 아니지요. 그런 기적은 이 부근에서는 큰 일이 아니지요. 당신들이 알아차린 게 이상해요. 대부분의 사람들은 모르지요." 리히와 나는 정말로 이해하지 못하였다. 그러나 크넬러는 이 장소에서 벌어지는 일들 중 하나가 돌을 나무로 바꾸거나 동물의 색깔을 바꾸거나 약간 공중에 떠 있는 등 아주 놀라운 일을 사람들이 할 수 있다는 것이라고 설명했다. 그러나 그게 대단하지 않는 한 그리고 의미 있다고 여겨지지 않는 한에서 말이다. 그건 아주 놀라우며 정말로 그런 일이 이 근처에서 아주 많이 벌어진다면 우리가 편집해서 마술 쇼나 그밖의 쇼로 만들 수 있으며 아마도 텔레비전에도 나올 수 있을 지도 모른다고 내가 그에게 이야기했다. "그러나 그게 바로 내가 이야기해주려는 것이지요." 크넬러가 땅을 계속 비비면서 말했다. "그럴 수가 없어요. 왜냐하면 사람들이 특별히 그걸 보려고 오는 순간 안 될 거에요. 이런 일들은 정말로 중요하지 않을 때에만 벌어지지요. 이건 말하자면, 물 위를 걷고 있는 자신을 갑자기 발견하는 것과 같아요. 그런게 이곳에서는 가끔씩 벌어지는 일이지요. 그러나 반대쪽에서 당신을 기다리고 있는 게 아무도 없을 때에만, 또는 그 일에 대해 아주 열광할 사람이 주변에 없을 때만이지요." 리히는 우리가 만났던 날 밤에 헤드라이트에게 벌어졌던 일을 그에게 이야기했는데, 크넬러가 그게 완벽한 예라고 말했다. "자동차의 헤드라이트를 고친 건 내게는 아주 중요한 일인 것처럼 들려요." 내가 항의했다. "당신이 어디로 가고 있는냐에 달려 있지요." 크넬러가 미소 지었다. "만약 5분 뒤에 차가 나무에 박히게 된다면, 그렇다면 정말로 그렇지는 않지요."

17.

리히가 모르디에게 무언가 은밀한 걸 이야기하고 우지는 그게 그저 쓸데없는 말이라고 주장하다.

크넬러와 내가 그런 대화를 한 이래로 나는 기적들에 대해 좀 더 관심을 가지기 시작했다. 어제 리히와 산책을 하고 있었는데, 그녀가 신발 끈을 묶으려고 잠깐 멈췄다. 갑자기, 바로 그처럼 그녀가 발을 올려놓았던 돌이 하늘 쪽으로 뒤집히더니 시야에서 사라져버렸는데, 아무런 이유도 없었다. 그리고 그 전날, 우지가 당구공을 삼각형 나무틀에 모으는데, 그중 하나가 갑자기 달걀로 변했다. 사실인즉, 나도 내 첫 번째 기적을 행하고 싶어 죽을 지경이었다. 어떤 종류의 기적이라도, 정말로 바보 같은 것일지라도 말이다. 나에겐 그게 중요한 것인양 정말 몹시 기다리고 있는데, 그게 내가 결코 작동시키지 못하는 이유라고 크넬러가 말한다. 아마도 그가 옳을지도 모르지만 그의 설명 전체에는 정말로 혼란스럽고 이상야릇한 무언가가 있다.

크넬러는 그게 그의 설명이 아니라고 말했다. 그건 왜냐하면 이 장소 전체가 정말로 말이 되지 않기 때문이다. 일 분전에 스스로 세상을 떠났는데, 그 다음에 알게 되는 건 쾅! 흉터와 저당권을 가진 채 여기 있다. 그런데 어쨌든 왜 자살뿐인가? 왜 정상적으로 죽은 사람들은 아닌가? 어딘가 사태 전체가 말이 안 되는 것 같다. 받아들이든지 아니면 밀어버리든지, 내 말 뜻을 아시겠는가? 그리고 비록 그렇게 근사하지는 않더라도, 사태가 훨씬 나쁠 수도 있었을 것이다. 우지는 그의 새 여자 친구와 내내 시간을 보내고 있다. 이곳에서 멀지 않은 곳에 이 강이 있는데, 그녀가 (에스키모인의 수렵용 작은 가죽배) 카약과 낚시 방법을 그에게 가르쳐주고 있는데, 그건 아주 괴상하다. 왜냐하면 아마도 크넬러의 개를 제외한다면, 이 부근에서 실질적으로 어떤 동물들을 하나라도 결코 들어보거나 본 적이 없기 때문이다. 그리고 내가 아는 한 심지어 개가 존재하지 않았을 수도 있다. 우지는 보답으로 그녀에게 제공할 게 많지 않지만, 그렇다고 해서 그녀에게 고인이 된 위대한 축구선수들의 이름들 그리고 아랍어로 욕하는 법을 그녀에게 가르치면서 저어하는 느낌은 없었다. 그리고 나는 대부분의 시간을 리히와 함께 보내고 있다. 크넬러가 저장실에다 이 자전거들을 보관하고 있었다. 그래서 우리는 자전거 타기를 많이 했다. 그녀가 어떻게 세상을 떠났는지 내게 이야기해주었다. 그녀는 결코 자살을 한 게 아닌 것으로 증명되었다. 그녀는 그저 마약을 과용해 죽었다. 누군가 그녀에게 정맥 주사로 마약하라고 이야기했다. 둘 다 처음이었는데, 아마도 서툴렀을 것이다. 그게 전부 실수이며 책임자들 중 한 사람이라도 발견해서 설명할 수만 있다면 그녀를 이곳에서 당장 이전시킬 것이라고 그녀가 굳게 믿는 이유다. 사실인즉 그녀가 그런 사람을 발견할 기회는 없다고 생각하지만 그녀에게 이야기하지 않는 게 더 좋다고 생각한다. 리히는 나에게 누구에게도 그것에 관해 이야기하지 말라고 요구했지만, 우지에게 이야기했다. 우지는 그건 정말 쓸데없는 말이며 누구도 이곳에 실수로 오지 않는다고 말했다. 이 곳 전체가 어떻게 하나의 큰 실수인지에 관해 그리고 이 곳이 너무 괴짜 같아서 당구공이 달걀로 변할 수 있다면, 리히가 이곳에 실수로 왔다는 것도 왜 사실이 아닐 수 있는지에 관해 크넬러가 무슨 말을 했는지 내가 그에게 말했다. "이게 무얼 기억나게 하는지 알아?" 석쇠에다 구운 치즈 샌드위치를 우적우적 씹으면서 우지가 중얼거렸다. "선한 사람을 유치장에 던져 놓고 다른 사람들이 모두 어떻게 자기들이 실수로 거기에 있는지 그리고 자기들에게는 정말로 죄가 없다고 그에게 계속해서 말하는 그런 영화들이 생각나. 그러나 그들을 한 번 봐. 그들에게 죄가 있다는 걸 제대로 볼 수 있어. 내가 리히에게 푹 빠진건 너도 알잖아. 그런데 마약을 과용해 죽었다는 이 온갖 헛

소리는 도대체 뭐야? 텔아비브에서 사람들이 정맥주사로 마약 맞는 걸 본 적이 있어? 사람들은 파상풍 주사에도 팬티에 오줌을 싸지. 주사바늘만 봐도 기절해버려." "그녀가 마약 중독자나 뭐 그런 건 아니야." 내가 말했다. "그녀는 처음이었어." "그녀가 처음이었다고?" 우지가 커피를 홀짝거렸다. "내 말 믿어, 모르디. 그게 뭐든 간에, 진짜 정말로 원하지 않는다면, 누구도 처음에 죽지는 않아."

18.

모르디가 결말이 나쁜 교도소 영화 속에 있는 꿈을 꾸는 데, 이는 모두 그에게 개성이 없기 때문이다.

그날 밤 나는 우지와 리히와 내가 교도소를 탈출하고 있는 꿈을 꾸었다. 감방에서 나오는 건 아주 쉬웠지만 일단 우리가 마당에 도착하자 온갖 사이렌 소리와 투광投光 조명 광선 등이 있었다. 반대쪽에서는 밴 차가 우리를 기다리고 있었는데, 내가 우지와 리히가 타고 넘어가도록 도와서 들어 올려주었다. 그러나 내 자신이 타고 넘어가기를 원했을 때 나를 도와줄 사람이 남아 있지 않았다. 그런데 갑자기 크넬러가 보이고, 내가 그에게 부탁을 하기도 전에 그는 막 공중으로 붕 떠올라서 반대쪽으로 넘어가버린다. 그때쯤이면 밴을 운전하는 데지레를 포함해서 모두 밖에 있다. 그들은 모두 막 나를 기다리고 있는 중이다. 나는 사이렌 소리와 내 뒤에 있는 개들 소리 등 교도소 영화들에서 언제나 들을 수 있는 온갖 다른 소리들을 들을 수 있다. 그리고 그들은 내게 가까워지고 있는 중이다. 그리고 우지는 반대쪽에서 내게 계속 소리 지르고 있다. "야, 모르디, 어떻게 된 거야? 곧바로 조금만 떠올라." 그리고 곧바로 나를 약 올리려는 건지, 크넬러가 밴 위로 앞뒤로 계속 떠돌아다니면서 공중제비들과 공중회전들 등 온갖 종류를 하고 있다. 나도 시도하지만 나는 바로 할 수가 없다. 그런 다음 그들은 모두 차를 타고 떠나버리거나, 아니면 우지의 가족이 등장한다. 사실은 그 뒤에 무슨 일이 벌어지는 지 실제로 기억하지 못한다. "그 꿈이 네게 무슨 말을 해주려는 건지 알겠니?" 우지가 말했다. "네가 애타고 있다는 거야. 만만한 녀석인데다가 또한 애타고 있지. 만만한 녀석인 것은 왜냐하면 내가 해야 할 일은 그저 '감방'이란 단어를 한 번만 말하는 것이고 그러면 너는 가서 그것에 관한 꿈을 꾸거든. 그리고 애타고 있다는 것은 왜냐하면 그건 그 꿈 자체가 말해주는 것이지."

우지와 나는 그의 여자친구가 그에게 가르쳐준 수법으로 낚시를 하려고 빨랫줄을 잡고서 강 옆에 앉아 있는 중이다. 우리는 거기에 그렇게 두 시간 정도 앉아 있는데, 아무것도 못 건졌다. 빌어먹을 신발 하나 건지지 못했는데, 그게 그를 정말로 열받게 했다. "바로 생각해봐. 네 꿈속에서, 사람들은 자신의 존재를 심각하게 받아들이지 않기 때문에 모두 밖으로 나온다고. 그러나 너, 너는 곧바로 잡혀 있다는데 너무 너무 사로잡힌거야. 그 꿈은 열려 있고 닫혀 있어. 네가 물어본다면 말이지, 거의 교육적이야." 날씨가 추워진다. 그리고 우지가 언제 이놈의 낚시질을 지겨워 할 것인지 궁금해지기 시작하고 있는데, 왜냐하면, 사실대로 말하자면, 나는 오래전에 지겨워졌고, 그리고 이곳에 물고기가 없는 게 아주 명백하다. "다른 걸 이야기해 줄게." 우지가 계속했다. "그건 바로 너의 꿈이 아니야. 네가 그걸 기억하고 그것에 관해 들볶아대는 거야. 많은 사람들에게 꿈이 있지만 그들이 모두 고지식하지는 않아. 알다시피, 나도 꿈을 꾸지만 그걸 네가 들으라고 강요하지는 않아. 그게 내가 더 행복한 사람인 이유야." 그리고 그런 다음 그의 입장을 증명해야 하는 듯이 줄을 끌어당기는데 그 끝에 이 물고기가 있다. 작고 못 생겼지만 우지의 과다하게 팽창된 자아를 더더욱 팽창시키기에는 충분할 만큼 크다. "기분전환을 위해서라도 친구의 말을 들어. 너의 멍청한 꿈들과 그런 저능아 같은 기적들은 잊어버려. 이제 알겠지. 리히에게로 가. 왜 아냐? 그녀는 잘 생겼어. 아마도 약간 이상 야릇하지만 멋져. 그녀가 너에겐 근사해, 그건 확실해. 내 말 들어. 그녀는 결코 신을 찾아 불만을 제기하지 않을 거야. 너도 결코 너의 멋진 죽은 여자를 발견할 수 없을 거야. 너희 둘 다 스스로 여기에 붙잡혔어. 그러니 이곳을 최대한으로 활용하는 편이 낫겠지." 못 생긴 물고기가 우지의 줄에서 꿈틀거리고 있었다. 갑자기 다른 것으로 바뀌었는데, 붉고 좀 더 큰 것이지만 여전히 못 생겼다. 우지는 그걸 잡아서 펄떡이는 것을 중단시키려고 돌로 머리를 세게 때렸는데, 에스키모 사람들의 또 하나의 수법이다. 그는 그게 어떻게 변했는지조차 주목하지 않았다. 사실대로 말하자면, 아마도 그가 옳을 것이다. 아마도 그건 정말로 빌어먹을 중요하지 않을 것이다. 그러나 데지레에 관해서라면, 나는 바로 그녀가 이곳에 있다는 걸 안다. 내가 해야 할 모든 일은 몸을 돌리는 일이고, 그러면 바로 내 뒤에 그녀가 있을 것이다. 우지가 나를 얼마나 놀리는지 신경 쓰지 않는다. 왜냐하면 내가 그녀를 발견할 것이라는 것은 바로 알기 때문이다. "한 가지만 이야기 해줘." 우지가 집으로 오는 길에 말한다. "이 크넬러라는 사람, 그에게 뭐가 있어? 왜 그는 언제나 기분이 좋아 사람들을 끌어안고 그래? 그가 동성애자나 뭐 그런 거야?"

19.

크넬러가 생일 파티를 하고 모르디와 리히는 계속 가기로 결심하다.

점점 더 많은 사람들이 계속해서 도착하였다. 왜냐면 크넬러가 오늘 생일잔치를 한다고 여겨서 케이크를 굽거나 그에게 줄 기발한 걸 생각해내느라 모두 다 아주 흥분했기 때문이다. 그들 대부분이 너무나 멋대로라서 그들이 어떻게 숨을 쉬는지 궁금할 지경이다. 리히는 이 창조적인 야단법석으로 아무도 다치지 않는다면 우리는 아주 운이 좋은 거라고 말한다. 지금까지 두 사람이 베었고 다른 녀석은 크넬러에게 가방을 주려고 톱질을 시도하려다 손가락 전부에서 피를 흘리고 있다. 그런 다음 이 네델란드인 우주 비행 훈련생 안이 있다. 어제 포충망을 움켜쥐고 숲에서 크넬러를 위해 새로운 개를 잡아 주겠다고 말했다. 그 이후로는 소식을 듣지 못했다. 크넬러는 똥통에 빠진 돼지처럼 행복하다. 저녁에 큰 잔치를 위해 상을 차려야 할 것 같았다. 그가 몇 살인지 내가 물었다. 그가 더듬거리기 시작했는데, 왜냐하면 그가 기억할 수가 없다는 것을 갑자기 알았기 때문이었다. 온갖 음식과 선물 뒤에, CD를 틀어 사람들이 실제로 춤을 췄는데 빌어먹을 졸업무도회

와 비슷했다. 심지어 나조차도 리히와 느린 춤을 췄다. 새벽 네 시경에 누군가가 크넬러가 바이올린을 연주하곤 했다는 것과 낡은 바이올린이 저장고에 그저 놓여 있다는 걸 기억하였다. 처음에는 그가 연주하려 하지 않았지만 곧 양보하고 "하늘의 문을 두드리다"를 연주했다. 사실 난 음악은 조금도 모르지만 그런 식으로 연주하는 건 내 평생 들어본 적이 없었다. 한두 음정을 빼먹지 않아서가 아니다. 그는 그랬다. 그러나 자신이 연주하는 것에 대해 그가 정말로 진지하다는 건 소리를 들으며 알 수 있었다. 나뿐만이 아니었다. 모두 그저 거기에 서서 들었는데 한 마디 말도 하지 않았다. 마치 죽은 사람을 위한 침묵의 순간 같았다. 흥을 잘 깨는 우지조차 조용히 있었으며, 눈에 눈물이 고였다. 나중에 알레르기 때문이었다고 말했지만 그가 단지 그렇게 말한다는 걸 알 수 있었다. 크넬러가 연주를 끝낸 뒤에 누구도 더 하고 싶어하지 않았다. 대부분 곧바로 잠자리에 들었고, 리히와 나는 치우는 일을 조금 도왔다. 부엌에서 세상을 뜨기 전에 있었던 일들을 전부다 아직도 그리워하는지 나에게 그녀가 물어보았다. 나는 그녀에게 진실을 이야기했다. 죽고 싶을 정도로 돌아가고 싶지 않은 건 아니지만 데지레 이외에 어느 것도 많이 기억하지 못한다고, 그리고 이제 그녀도 이곳에 있으니 내가 그리워하는 게 없다고. "아마도 자신을 약간 그리워하겠지." 내가 말했다. "내가 세상을 뜨기 전에 하던 짓. 아마도 그저 이런 걸 날조하고 있는지는 모르지만 내가 기억하기로는 내 자신이 좀 더…… 잘 모르겠어. 나는 그것 이상 더 기억조차 할 수가 없네." 리히는 모든 걸 그녀가 증오했던 것들조차도 그리워한다고 말했다. 다음 날 어떻게 떠날 것인지 생각해내야 한다고 말했다. 왜냐하면 자기를 도와줄 수 있을 사람을 발견할 유일한 방법은 계속 찾아보는 것이기 때문이었다. 그녀가 옳다고 말했고 만약 내가 정말로 데지레를 찾기를 원한다면 나 또한 짐을 싸야 한다고 말했다. 우리는 싱크대에 접시를 쌓아올리는 걸 끝냈다. 그러나 우리들 중 누구도 아직 그날 밤의 일을 정말로 마치고 싶지 않았다. 크넬러는 거실 바닥에 앉아서 아이처럼 선물을 갖고 놀고 있었다. 갑자기 굉장히 흥분한 얀이 멍청한 포충망을 들고 들어와서 숲의 반대편에 메시아 왕이 살고 있으며 크넬러의 개를 인질로 데리고 있다고 말했다.

20.

프레디가 자이로 샌드위치를 싸며 가명을 사용하다.

얀이 우리를 응시하였고 숨이 차서 빨갰다. 우리는 그를 거실에 앉히고 물 한잔을 갖다 주었다. 그는 크넬러에게 줄 새로운 개를 찾다가 숲에서 어떻게 길을 잃었는지 그리고 결국 반대편으로 나왔을 때 어떻게 수영장이 딸린 이 저택을 보았는지 그리고 자기를 데리고 갈 사람을 보내달라고 우리에게 요청할 수 있도록 크넬러의 집으로 연락하게 전화를 사용할 수 있게 해달라고 그곳 사람들에게 부탁을 하고 싶었지만 그 저택에는 전화가 없었고, 그저 엄청난 음악과 소음이 있었고, 그곳에 있는 모두는 말꼬리 모양으로 묶은 머리를 하고 볕에 그을렸으며 고무 슬리퍼를 신은 소녀들을 제외하고는 그들은 모두 오스트레일리아 사람들 같아보였다고 우리에게 이야기했다. 그들은 정말 멋졌고 얀에게 먹을 음식을 엄청나게 주었으며 그 저택이 메시아 왕의 것이고 그들 모두는 그의 군중이고 메시아 왕이 오직 테크노 음악만 좋아하는데, 그게 그들이 계속 왕창 울리게 틀고 있는 유일한 이유라고 그에게 이야기했다. 메시아 왕은 여호수아라고도 불린다고 그들이 말했지만 그곳의 모두는 그를 J라고 불렀다. 왜냐하면 여자애들 중 하나가 한 번 그렇게 불렀는데 그게 굳어졌기 때문이다. J는 원래 갈릴리의 어떤 작은 장소 출신인데, 그는 이곳에 영원히 있을거고 1주일 내에 대단한 기적이 있을 거라고 이야기했다. 계획된 기적이다. 그저 우연히 발생하는 것이 아니다. 그리고 그게 무엇인지는 이야기할 수 없었지만, 극히 큰 것일 것이며 얀이 머물러서 보려면 볼 수 있다고 그들이 말했다. 얀은 음악에는 어느 정도 익숙해졌고 부분적으로는 기적 때문에 그러나 주로는 벌거벗은 온갖 여자애들 때문에 그때쯤 거기에 빠져들었다. 그들은 그를 저택에 있는 방에, 세상을 뜨기 전에 뉴질랜드 웰링턴의 하드 락 까페의 지배인이었던 정말로 멋지게 파도 타기하는 사람과 함께 묵게 했다. 그날 저녁 그들은 모두 벌거벗고 헤엄치러 갔는데, 얀은 약간 부끄러워서 그저 수영장 옆에 서 있었다. 그런데 갑자기 크넬러의 개, 프레디가 플라스틱 접시에 있는 자이로 샌드위치를 먹고 있는 걸 알아보았다. 얀은 프레디가 그의 좋은 친구의 것인데 몇 주 전에 잃어버렸다고 설명했다. 메시아 왕이 그 개를 입양했으며 정말 머리가 좋아서 말하는 법조차 가르쳤다고 말했기 때문에 모두들 아주 혼란스러운 것 같았다. 어쨌든 말을 정말로 이해는 하지 못할지라도 개가 몇 마디 말을 할 수 있다는 것을 얀이 알았다. 그러나 그 또한 그 사실을 제외하고는 그 개가 정말로 멍청하다는 것을 알았지만 메시아 왕을 나쁘게 보이게 만들고 싶지는 않았기 때문에 그렇게 말하고 싶지 않았다.

이 메시아 왕 J는 키가 크고 푸른 눈에 금발의 긴 머리를 한 녀석인데, 그에게는 약간 균형이 안 잡혔지만 어쨌든 예쁜 여자 친구가 있었고, 그들은 둘 다 얀의 이야기를 참을성 있게 들었다. 그런 다음 최종적으로 개를 잃어버렸다면 확실히 돌려주겠으며 알아내는 데 정말로 쉬운 방법이 있다고 J가 말했다. 그는 얀에게 개의 이름을 물어보았고, 얀은 프레디라고 말했다. 그런 다음 방금 먹기를 끝낸 프레디를 불렀고 그의 이름이 무엇이냐고 물어보았다. 그 멍청한 개는 꼬리를 흔들며 말했다. "사담." 그건 사관훈련과정의 중간에 세상을 떴으며 크넬러의 집에서 얼마간의 시간을 보낸 이 해병으로부터 강아지였을 때 프레디가 배웠던 정말로 조잡한 농담이었다. 얀은 설명하려고 노력했지만 J는 같은 개가 아니라는 데 벌써 확신하였다. 크넬러가 평생 동안 자기에게 결코 자이로를 주지 않을 것이기 때문에 프레디는 얀과 같이 떠나지 않고 싶다는 온갖 신호를 보내고 있었다. 그래서 얀은 최상의 방법은 정말 빨리 이곳으로 되돌아와서 우리에게 모든 것을 말해주는 것이라고 생각하였다. "메시아 왕 — 대단한 기적 — 최면 상태!" 크넬러는 완전히 열을 받았다. "이 모든 게 내게는 헛소리같이 들려. 내가 전혀 놀라지 않은 유일한 것은 프레디가 돌아오지 않고 싶어 하는 거야. 그가 배은망덕하다고 내가 언제나 말했었지."

21.

모르디와 리히가 메시아 왕을 찾으러 나서고 우연히 바다를 발견하다.

다음날 아침 7시 대부분의 손님들이 여전히 카펫에서 잠들어 있을 때, 크넬러는 배낭을 들고 거실 가운데에 서서 더 이상 기다릴 수 없다고 말했다. 프레디가 당장 보고 싶었다. 리히와 나는 따라붙겠다고 제안했다. 리히는 메시아 왕 이야기 전부를 정확하게 받아들인 건 아니지만 그에게 책임자에 관해서 그리고 어떻게 그들을 찾을 수 있는지 물어보는 게 손해될 게 없다고 생각했다. 그리고 나는 얀이 말했던 것처럼 그곳에 정말로 많은 사람들이 있다면, 그러면 아마도 데지레를 찾기에 좋은 장소가 될 수도 있을 것이라고 생각했다. 게다가, 크넬러와 얀이 둘 다 정말로 너무 서툴러서 누군가 지켜보는 사람이 있다는 건 나쁜 생각이 아닐 것이었다. 크넬러는 그의 친구가 갖고 있는 버스를 우리가 사용하기를 원했지만, 얀은 걸어서만 이 장소로 가는 방법을 알고 있다고 말했다. 그게 어두워지기 시작할 때까지 10시간 이상 걸려서 숲을 가로질러 그를 줄줄이 따라가야만 했던 이유다. 그가 길을 잃었다고 인정을 해야 할 그때였다. 크넬러는 그게 좋은 징조라고 말했는데, 왜냐하면 얀이 지난번에도 길을 잃어버렸기 때문이다. 그리고 축하하기 위해서 마리화나용 물파이프를 꺼내서, 그와 얀은 완전히 뻗을 때까지 각각 네 번씩 피웠다. 리히와 나는 불을 피우기 위하여 잔가지들을 구하기로 결정했다. 우리가 갖고 있었던 것은 아기처럼 잠들어 있는 크넬러에게서 꺼낸 라이터가 전부였다. 크넬러와 그의 옆에서 코를 골고 있었던 얀에게서 멀어지자마자, 멀리에서 무언가 부서지지만 진정시켜주는 다른 소리를 듣기 시작했고, 리히는 자기에게 바다 소리처럼 들린다고 말했다. 우리가 그쪽으로 향했고, 확실하게도, 몇 백 야드 뒤로 우리는 해변에 도착했다. 캠프에 있는 어느 누구도, 심지어 크넬러 자신조차도 전에 우리가 해변 근처에 있다는 언급을 한 적이 없었던 것은 정말로 기묘했다. 그들 자신이 그걸 모를 수가 있었다니 말이다. 우리만이 알고 있는 유일한 사람들일 수도 있었다. 우리는 신발을 벗고 해변을 따라 한참 동안 걸었다. 내가 세상을 뜨기 전에, 해변에 자주, 거의 매일 가곤 했었다. 그리고 내가 그걸 생각했을 때, 리히가 어젯밤에 말했던 이야기 즉, 잃어버린 것들과 반드시 되찾아야 할 것들에 관해 더 좋은 생각이 떠올랐다. 나는 이 장소를 데즈빌(죽은 사람들의 마을)이라고 부르는 우지의 아빠에 관해서 그리고 이곳 사람들 모두는 어떤 것도 원하지 않는 것 같다는 것에 관해서 그리고 실제로 이미 네가 반쯤은 죽었을 때, 네가 그들과 가까와지는 대부분의 시간 동안에는 모든 게 다 괜찮게 느껴진다고 리히에게 이야기했다. 그리고 리히가 웃었고 그녀가 알았던 대부분의 사람들은 심지어 그녀가 세상을 떠나기 전에도 반쯤 죽었거나 완전히 죽어 있었기에, 너는 상당히 상태가 좋다고 리히가 말했다. 그리고 그녀가 그 말을 하면서 그저 우연인 것처럼 그녀가 나를 건드렸지만 절대로 우연이 아니었다.

만약 내가 데지레를 배신하려 한다면 정말로 예쁜 사람이기를 하고 언제나 희망했다. 그래서 나중에, 내가 그걸 후회했을 때, 그녀가 정말 아름다워서 아무도 그녀를 거부할 수 없을 거라고 자신에게 말할 수 있기를 언제나 희망했었다. 사실인즉 그게 바로 리히가 했던 방식이었다. 그리고 그날 밤 그녀가 나를 건드렸는데, 그녀가 옳았다는 것을 나는 알았다. 나는 실제로 상태가 상당히 좋았다.

22.

크넬러가 프레디를 마주보고 그에게 진실 전부를 말하다.

리히와 나는 해가 떠오를 때 깨어났다. 실제로 크넬러가 소리를 질렀기 때문에 깨어났다. 우리가 눈을 뜨자마자 우리 주변에 있는 해변은 더 이상 사적인 곳이 아니라는 것을 알았다. 주변에 사람이 있지를 않고 이제, 햇빛이 비추자, 우리는 장소 전체가 사용한 콘돔들로 덮여 있는 것을 발견했다. 해파리처럼 얕은 물에 떠다니거나 굴처럼 모래 속에 파묻혀 있었다. 그리고 갑자기 모든 것에서 사용한 고무 냄새가 나기 시작하였다. 어쨌든 전날 밤에는 바다 냄새에 의해 모두 감싸져 있었던 것이다. 리히 때문에, 구토가 나오는 걸 스스로 멈춰야만 했다. 나는 그녀를 내 쪽으로 아주 가까이 끌어당겼다. 우리는 움직이지 않고 그런 식으로 그곳에 그저 누워있었는데, 지뢰지대에 버려진 관광객 두 명처럼 얼마나 오랫동안 구조되기를 기다렸는지 모르겠다. "너희들 거기 있네." 크넬러가 갑자기 나무들 사이에서 튀어나왔다. "정말 걱정이 되었어. 사람들이 부를 때 왜 대답을 하지 않아?" 그와 얀이 밤을 보냈던 곳으로 우리를 인도해서 돌아갔다. 그는 가는 길에 창녀들과 마약 중독자들이 이 해변을 은신처로 사용했다고 그가 설명했다. 하지만 너무 메스꺼워서 창녀들과 마약 중독자들도 택할 수 없게 되었다. "여기서 실제로 밤을 보냈다고 내게 말하지마." 그가 말하며 믿을 수 없다는 표정을 지었다. 그동안 리히와 나는 옷에 붙어 있는 모래 등등을 털어내었다. "도대체 뭘 위해서?" "그건 당신이 언제 해변을 사랑하느냐에 달려있어요." 리히가 반쯤 미소 지으며 말했다. "그건 당신이 언제 질병을 사랑하느냐에 달려있어요." 말의 박자를 하나도 생략하지 않고 크넬러가 그녀의 말을 고쳐 말했다. "이제 얀이 우리를 잃어버리지 않기를 바랍시다." 충분히 확실했는데, 얀은 사라져버렸다. 그러나 우리가 그를 걱정하기도 전에, 그가 완전히 충격을 받은 모습으로 우리 쪽으로 달려와서 메시아 왕의 집을 그가 마침내 발견했는데 정말로 가깝다고 말했다.

메시아 왕의 집은 엄청나게 컸고, 우리가 캐사리에 있는 데지레의 부자 친척들을 방문했을 때 그녀가 내게 보여주던 그런 온갖 멋진 집들 같았다. 수영장 옆에 스쿼시 코트와 거품 목욕탕이 있고 만일을 대비해서 지하에 방사능 낙진 피난처가 있는 그런 장소였다. 우리가 그곳에 도착했을 때 백 명이 넘는 사람들이 주변에 서 있었다. 그 전날부터 시작된 것이 틀림없다. 반쯤은 칵테일 파티이고 반쯤은 뷔페 같은 것이었는데, 뉴 에이지 운동하는 것 같은 사람들이 많았고 파도타기 하는 사람들도 많고 다른 성격의 온갖 종류들이 있었는데, 모두 정말로 기분이 좋은 것 같았다. 프레디는 계속 빙빙 돌고 슬픈 표정을 짓고 모두가 그에게 먹이주기를 강요했고, 그러다 크넬러가 개를 보자마자 개는 바로 얼어붙었다. 그가 그곳에서 프레디를 마주보고 너가 다른 날도 아니고 생일날에, 어떻게 그런 식으로 나를 취급할 수 있었는지에 관해 그리고 너는 배은망덕하다고 소리를 질러대기 시작했다. 그는 프레디가 아직 강아지였을 때 벌어졌던 온갖 종류의 부끄러운 짓들을 끄집어내기 시작했다. 그리고 그동안 내내 프레디는 그를 침착하게 똑바로 쳐다보고 씹는담배를 먹는 어떤 노털처럼 생선회 조각을 계속 먹어댔다. 모두 크넬러의 마음을 가라앉히려고 노력했고 J가 곧 도착해서 모든 걸 해결을 할 것이라고 크넬러에게 말하려고 했다. 그리고 그게 통하지 않는 것을 알았을 때 그들은 J가 곧 실행할 기적에 흥미를 갖게 하려고 노력했는데, 그건 그를 더욱 히스테리하게 만들 뿐이었다. 그동안 리히와 나는 하루 종일 먹지 못했기 때문에 손으로 집어먹는 음식을 마음대로 집어먹고 있었다. 우리가 말하고 싶은 것은 많았으나 우리는 말하지 않는 체하였는데 소란 때문이었다. 그러나 그게 진정한 이유는 아니라는 걸 우리는 알고 있었다. 그런 다음 안이 도착해서 J와 그녀의 여자 친구가 이게 다 무엇 때문인지 알아내려고 크넬러와 프레디를 거실에서 만나기를 원한다고 말했다. 그런데 우리도 가는 게 좋았는데, 왜냐하면 크넬러가 큰 소란을 벌이겠다고 맹세를 했기 때문이었다. 우리가 그곳에 도착하기도 전에 크넬러가 고함치는 소리를 들을 수 있었고, 이따금씩 이렇게 낮은 개의 목소리도 있었다. "침착해, 이 사람아, 침착해." 난 데지레의 목소리 또한 분간해낼 수 있었다.

23.

모르디가 마침내 데지레와 우연히 만나다.

그 순간을 얼마나 많이 그려보았는지 모른다. 적어도 백만 번일 것이다. 끝은 언제나 멋졌다. 어떤 복잡한 상황을 상상할 수가 없었던 건 아니다. 나는 모든 상황을 생각했으며 무슨 일이 벌어지든 간에, 그녀가 무슨 말을 하든지 간에, 나는 준비가 되어있었다. 데지레는 나를 즉시 알아보았다. 그녀는 달려와서 나를 껴안고 울기 시작했다. 그런 다음 그녀는 내게 J를 소개했고, 그는 나와 악수를 하고는 나에 관해 많이 들었다고 말했는데 괜찮은 녀석 같아 보였다. 그리고 나는 그녀에게 리히를 소개했는데 다소 난처했다. 리히는 아무 말도 하지 않았지만 일이 다소 복잡해질지라도 그녀가 나를 위해 행복해 하는 것을 알 수 있었다. 우리는 모두를 뒤에 남겨두고 발코니로 나갔다. 문을 통해서 우리는 크넬러가 고함치는 소리를 들을 수 있었다. 오래 전에 프레디를 단념했던 J는 무언가 그가 동의한다는 듯이 말을 중얼거렸다. 데지레는 네가 세상을 뜬 다음에 무슨 일이 있었는지에 관해, 그녀 자신은 어떻게 해야 할지 몰랐다는 것에 관해, 그녀가 너무 죄책감이 들어 얼마나 죽고 싶어졌는지에 관해 내게 이야기했다. 그리고 그녀가 말하는 동안 내내 나는 그녀를 똑바로 바라보았는데, 내가 그녀를 기억하는 바로 그대로 그녀가 그렇게 보였다. 다소 기괴한 자세를 제외하고는 똑같은 헤어스타일이었다. 왜냐하면 티베리아스 병원의 지붕에서 뛰어내려서 세상을 떠났기 때문이었다. 데지레는 내 장례식 이후 갈릴리까지 어떻게 올라갔는지 그리고 가는 길 내내 그녀는 그저 울고 울었다고 내게 이야기했다. 그런 다음, 그녀가 마지막 정거장에 도착했을 때 그녀가 처음 본 것은 여호수아였는데, 그녀가 그를 보자마자 무언가 그녀의 내면이 편안해졌으며, 그래서 곧바로 울음을 그쳤다. 그건 그녀가 슬프기를 그쳤다는 것은 아니었지만 더 이상 히스테리는 없었다. 그것은 꼭 그만큼 깊었지만 그녀가 다룰 수 있는 것이었다. 여호수아는 우리 모두 삶이라는 세상 속에 갇혀 있으며 자기가 도달할 수 있는 더 나은 세상이 있다고 믿었다. 그리고 그의 힘을 믿는 다른 사람들도 몇 있었다. 그녀와 여호수아가 만난지 2주일 후에 그의 육체와 영혼이 분리되어 그가 다른 세계를 발견하고 돌아와서 그 길을 모두에게 보여주기로 되어 있었다. 하지만 무언가가 잘못되어서 그의 영혼은 결코 되돌아오지 못했다. 병원에서, 그의 죽음이 확인된 뒤에, 그가 어디 있든지 간에 그가 그녀를 부른다는 것을 느낄 수 있었다. 그때 그녀가 엘리베이터를 타고 지붕으로 올라가 뛰어내렸는데 그들이 함께 있기 위해서였다. 그리고 지금 그들은 함께 있고, 여호수아는 그것을, 갈릴리에서 그가 하려고 시도했던 것을 다시 할 작정이다. 하지만 이번에는 그가 해낼 것이고 그 길을 찾아 돌아와서 모두에게 보여줄 것이라고 그녀가 확신하였다. 그런 다음 다시 내가 그녀에게 얼마나 큰 의미였는지 그리고 자기가 나에게 상처를 주었다는 것을 알고 있었다고 내게 이야기하였다. 내가 세상을 뜨기 까지는 얼마나 큰 의미인지 그녀는 몰랐었고, 나를 다시 만나서 자기를 용서해달라고 내게 요청할 수 있게 되어 그녀는 기뻤다. 그리고 그동안 내내 나는 그저 미소 지었고 고개를 끄덕였다. 우리가 이야기하는 걸 떠올려 볼 때마다 그녀는 다른 사람과 많은 시간을 같이 있었고 나는 언제나 싸워야 했다. 내가 너를 얼마나 많이 사랑하는지 그리고 누구도 너를 그런 식으로 사랑할 수 없다고 그녀에게 말했다. 그리고 그녀를 껴안고 그녀가 굴복할 때까지 그녀를 만졌다. 그러나 이제 이곳 테라스에서 그런 일이 실제로 벌어지고 있는데, 내가 원했던 전부는 그녀가 내 뺨에 친구 같은 키스를 해주는 장소로 가는 것뿐 그러면 끝날 것이다. 그리고 그런 다음 나를 구원하는 것처럼 징 소리가 있었다. 데지레는 돌아가야 할 시간이라고 설명했다. 왜냐하면 그 소리는 여호수아가 막 시작을 하려는 것을 의미하였기 때문이다. 그녀는 그 대신 그저 나를 껴안았다.

24.

J가 대단한 기적을 행하기를 약속하다.

우리가 안으로 돌아갔을 때, 리히와 크넬러는 가버렸다. 자수가 잔뜩 달린 그런 멋진 가운을 입은 J가 그들은 벌써 아래층에 있다고 말했다. 내가 수영장 옆에서 그들을 찾았을 때 남자들은 한쪽에 그리고 여자애들은 반대쪽으로 군중이 갈라서 있는 것을 보았다. 나는 크넬러를 즉시 찾았으며 멀리서 리히도 볼 수 있었다. 그녀는 일이 어떻게 되었는지 물어보는 것처럼 손짓 몸짓을 하고 있었다. 데지레와 무슨 일이 있었는지 신호로 보낼 방법을 생각해낼 수가 없었다. 나는 멀리에서 그녀에게 내가 너를 사랑한다고 말하고 싶었지만, 영화에서 하는 짓과 너무나도 똑같아 보여서 나는 곧바로 미소 지었고 나중에 이야기하자고 신호하였다. 크넬러는 살아 있는 세상 사람들에게 어떻게 돌아가는지를 그녀가 J에게 질문했었다고 말했고, J는 그녀에게 그건 시간 낭비이며 더 좋은 세상으로 가는 길을 모두에게 보여주겠다고 말했다. 그리고 그들은 밖으로 나왔을 때, 그녀는 크넬러에게 J 녀석은 단지 허튼 예술가일 뿐이라고 말했다. 음악이 너무 커서 크넬러가 하는 말을 거의 들을 수조차 없었다. 그는 리히와 나를 보고 약간 웃었다. 그는 자기보다 더 순진한 사람들을 만난 건 처음이었다고 말했다. 내게는 기적들이 그리고 그녀에게는 꿈들이 있었다. 그가 소리쳤다. "세상을 뜨는 대신에 너희들은 캘리포니아로 갔었어야 해." 나는 그가 프레디를 쓰다듬는 모습을 보았는데, 그건 그들이 화해를 했다는 것을 의미하였다. 여호수아는 긴 가운을 입고 무대 위로 올라갔고, 어린이 성경 이야기에서 이삭을 막 희생하려고 할 때의 아브라함처럼 비슷한 굽은 칼 을 쥐고 데지레가 그의 뒤를 따랐다. 그녀가 여호수아에게 칼을 전해주었고 음악이 쾅 소리와 함께 멈췄다. "저건 도대체 뭐야?" 크넬러가 내 옆에서 중얼거렸다. "저 녀석은 이미 죽었어. 그가 지금 원하는 건, 두 번 죽는 건가?" 가까이에 있는 사람들이 돌아보더니 그에게 입 닥치라고 말했다. 그는 나 말고는 신경도 쓰지 않았다. 나는 어디에 자리를 잡아야 할지 몰랐다. 그런 다음 J가 결코 해내지 못하는 쪽에 내기를 걸겠다고 그가 말했다. 왜냐하면 한 번 세상을 떠서 죽는 게 얼마나 아픈지 아는 사람은 누구도 두 번 시도를 하지 않을 것이기 때문이었다. 그리고 크넬러가 그렇게 말하기를 끝마쳤을 때, J가 칼을 들어 바로 자기 심장에 박았다.

25.
밴이 도착하고 모든 게 미완이 되다.

이상하지만 수영장 주변에 있던 모두가 내내 무슨 일이 벌어질 것인지 알고 있었음에도 불구하고, 여전히 우리 모두를 놀라게 하였다. 처음에는 누구도 아무말도 하지 않았고 그런 다음 사람들이 웅얼거리기 시작했다. 그녀가 서 있는 무대 위에서 데지레가 모두 조용하라고 소리쳤는데, 왜냐하면 J가 몇 분 뒤에 육체로 돌아올 것이기 때문이었다. 그러나 그들은 계속 웅얼거렸다. 그동안 나는 크넬러가 프레디에게 속삭이고 그런 다음 마치 그의 라이터에게 이야기하는 듯이 보였다. 몇 초 뒤에 하얀 밴이 서고 하얀 작업복을 입은 키가 크고 마른 두 녀석이 나왔다. 그들 중 하나는 확성기를 갖고 있었다. 크넬러가 그들 쪽으로 달려가 그들에게 말하기 시작하면서 여기 저기로 온통 손을 휘저었다. 나는 리히를 찾으러 여자들이 있었던 곳으로 밀고가기 시작했지만 그녀를 어느 곳에서도 찾을 수가 없었다. 확성기를 가진 남자가 모두에게 조용히 흩어지라고 요구했다. 무대에서 데지레는 J의 몸 옆에 앉아서 울고 있었다. 나는 그녀가 힘겹게 칼을 잡으려고 노력하는 모습을 보았다. 그러나 작업복을 입은 또 다른 녀석이 먼저 도달했다. 그가 그것을 잡고, 그런 다음 J의 몸을 어깨에 들고는 크넬러에게 데지레를 차로 데려가라고 몸짓을 했다. 다시 확성기를 가진 남자가 군중에게 흩어지라고 요구했다. 그들 중 몇몇은 움직이기 시작했으나, 다른 많은 사람들은 얼어붙어 있었다. 나는 이제 리히를 볼 수 있었는데 확성기를 가진 남자 옆에 있었다. 그녀도 나를 보았고 내게 더 가까이 오는 길을 만들려고 노력하였지만, 작업복을 입고 무선 통신기에다 계속 말을 하던 운전사가 그녀를 불렀다. 리히는 곧 간다고 내게 신호를 했다. 나는 사람들을 밀어 붙여 길을 내면서 밴 쪽으로 향했다. 내가 거의 가까이 갔을 때 팔 밑에 있는 프레디와 함께 크넬러 그리고 확성기를 가진 작업복을 입은 사람들이 모두 밴에 타더니 운전해서 떠나버렸다. 내게 뭔가 소리를 지르려고 하는 리히를 창문으로 볼 수 있었지만, 그게 무엇인지는 들을 수가 없었다. 그게 내가 그녀를 본 마지막이었다.

26.

낙관적인 어조로.

그곳에서 몇 시간을 더 기다렸는데, 왜냐하면 처음에는 밴이 J와 데지레를 단지 어딘가에 내려놓을 뿐이고 리히가 바로 돌아올 것이라고 생각했기 때문이다. 아직도 주변을 맴도는 사람들이 몇몇 있었다. 모두 멍한 상태였다. 무슨 일이 벌어졌는지 누구도 정말로 이해할 수가 없었다. 수영장 근처에 있는 갑판용 접의자들에 모두 앉아서 아무 이야기도 하지 않았다. 그런 다음 사람들이 한 사람씩 떠나기 시작했는데, 마지막으로 보았을 때 내가 유일하게 남아 있는 사람이었다. 나는 크넬러의 집 쪽으로 향했다.

내가 그곳에 도착했을 때는 저녁이었다. 크넬러가 집안으로 달려 들어와 몇 가지 물건을 움켜잡고는 말하기를 모두 원하는 대로 오랫동안 머물 수 있다고 우지가 말했다. 그런 다음 그는 우지를 옆으로 데리고 가더니 프레디를 돌봐 달라고 부탁했다. 그가 실제로는 결코 자살하지 않았으며 그동안 내내 실제로는 잠복근무 중인 천사였으나 이제 이 메시아 왕 분규 때문에 은폐한 것을 벗어버리고 아마도 바로 평범한 천사로 돌아가야 할 것 같다고 우지에게 털어놓았다. 그가 J를 부러워하지는 않았다고 우지에게 말했다. 왜냐하면 이 장소가 나쁘기는 하지만, 두 번째로 그 짓을 한 사람들을 위한 장소는 천 배나 더 나쁘기 때문이며, 그곳에는 사람들이 얼마 없으며 모두 완전히 엉망이기 때문이었다. 크넬러가 리히에 관해서 무슨 말을 했는지 우지에게 물어봤다. 처음에는 아니라고 말했으나 나중에 크넬러에 의하면 리히는 이 와중에 그의 사람들 중 하나에게 다가가서 그녀의 서류를 점검해보라고 요구했는데, 이상하게 들릴지는 모르지만 정말로 일종의 혼란이 있었고 이제 누구도 그녀를 어떻게 할 줄 모르지만 그녀를 이곳에서 데리고 가서 삶 속으로 다시 되돌려보낼 가능성이 높다고 내게 이야기했다. 우지는 처음에는 내게 이야기해주고 싶지 않았다고 말했다. 왜냐하면 내가 너무 실망할 것이기 때문이었다. 그러나 실제로는 좋은 소식이었는데, 왜냐하면 리히는 자신이 원하는 것을 얻었기 때문이다.

우지는 그녀의 여자친구와 크넬러의 집에 머무르기로 결정했다. 나는 혼자서 도시로 돌아갔다. 가는 길에 심지어 기적을 행할 기회조차 있었다. 그리고 그때 어떻게 기적이 정말로 문제가 되지 않은지 크넬러가 내게 이야기해주려고 했던 것을 이해하였다. 자기 부모님에게 전해주라고 우지가 내게 준 보따리가 있었는데, 그들은 나를 보고 정말로 기뻐했다. 그들은 모든 것, 특히 그의 여자친구에 관해서 알고 싶어 했다. 우지의 아빠는 우지의 전화 목소리가 정말로 행복하게 들린다고 말했으며 가족 전체가 한 달 내에 그를 방문할 작정이었다. 그동안 그들은 그들의 집에서의 금요일 저녁식사에 나를 초대하였고, 내가 원할 때면 언제나 주중에도 초대하였다. 카미카제의 사람들도 나를 보아서 기뻐했으며, 즉시 나를 교대근무에 넣어주었다.

나는 밤에 그녀 꿈을 전혀 꾸지 않는다. 그러나 그녀에 관해서 생각을 많이 한다. 우지는 그게 꼭 나 같다고 말한다. 같이 있을 기회도 없는 여자들에게 매달리는 것 말이다. 아마도 그가 옳을 것이다. 그리고 내게는 기회가 많지 않다. 그러나 다른 한 편으로 언젠가 한 번 그녀가 반쯤 죽은 사람이 그녀에게 잘 맞는다고 이야기했었고, 그 밴에 타고 있을 때 그녀가 내게 곧 돌아오겠다고 그걸 그렇게 이해하라고 신호했다. 꼭 확실하게, 매번 내 근무를 시작할 때면 좀 사소한 일을 한다. 내 이름표를 거꾸로 달거나, 앞치마를 잘못 묶는 등등 어떤 것이든. 그래서 앞으로 그녀가 만약 들어온다면, 그녀는 슬프지 않을 것이다.

이 책은 에드가 케렛Edgar Keret의 《신이 되고 싶은 버스 운전사The Bus Driver Who Wanted to Be God & Other Stories》의 완역이다. 이 연구는 2009년도 경원대학교의 지원에 의한 결과이다. 그가 나보다 어리지만(1967년생) 그는 나의 친구다. 우리는 2001년 가을 학기 동안 미국 중서부에 있는 아이오와 대학교에서 개최된 작가들의 유엔이라는 국제창작프로그램IWP에서 만났다. 그는 그 당시에도 이미 세계적인 작가였다. 케렛의 강연을 듣고 있는데, 옆에 앉아 있던 미국인 교수가 내가 케렛을 모르는 줄 알고 내게 말했다. "그의 소설책들이 미국의 모든 도서관에 다 있어요."

케렛의 천재성을 소개하는 좋은 방법은 그가 2007년 칸영화제에서 황금 카메라 상을 수상한 〈젤리 피쉬Jelly Fish〉의 감독이라고 말하는 것이다. 그 영화에서 아이스크림 통을 든 할아버지가 그의 아버지이고, 호텔 카운터 직원으로 나온 그의 아내 쉬라 게픈Shira Geffen과 함께 감독한 이 영화의 유명세 때문에 2008년 부산국제영화제에 초청되었고, 그래서 이스라엘 대사관에서 주최한 서울의 강연회에서 만났다. 중국에서도 초청을 받았는데 내가 있는 한국을 택했다고 케렛이 말했으니, 그도 나를 친구라고 생각하는 것은 틀림없다. 2001년 아이오와 씨티에서 이스라엘로 일찍 돌아가는 쉬라에게 김을 한 봉지 준 적이 있다. 2008년 한국에 가서 김을 사오라는 부탁을 아내에게서 받았다는 이야기를 에드가가 했다. 내가 김을 이스라엘에 소개한 셈이 된 것이다. 가끔 만나지만 만나자마자 이야기가 통하는 좋은 친구 사이라는 점에 나는 자부심을 느낀다.

그의 홈페이지http://www.etgarkeret.com에서 지금까지의 활약상을 잘 살펴볼 수 있다. 《파이프라인Pipe Line》와 《멍청이의 분노TheNimrod Flipout》 등의 소설집이 또 나와 있다. 《멍청이의 분노》가 발간되었을 때 〈뉴욕 타임스New York Times〉에 표제 기사2005년 6월 26일로 소개가 되었다. 고려대학교에서 번역 연습을 강의할 때 에드가의 책을 사용하였는데, 그는 학생들의 이메일keret@hotmail.com 질문에도 아주 친절하게 답을 해줄 정도로 마음이 따뜻한 사람이다.

《신이 되고 싶은 버스 운전사》가 보여주는 천재성에 대해서는 길게 말하지 않겠다. 읽어보고 느껴보면 될 것이다.

신이 되고 싶었던 버스 운전사

초판 1쇄 인쇄 2009년 9월 25일
초판 1쇄 발행 2009년 9월 30일

지은이 ∣ 에드가 케렛
옮긴이 ∣ 이만식
펴낸이 ∣ 모지희
펴낸곳 ∣ 부북스
등록번호 ∣ 2-4326호
주소 ∣ 서울시 중구 신당2동 432-1628
전화 ∣ 2235-6041
팩스 ∣ 2253-6042
이메일 ∣ boobooks@naver.com

ISBN 978-89-93785-02-9 03850
값 10,500원